JN254905

強くてニューゲーム！

とある人気実況プレイヤーのVRMMO奮闘記

"Tsuyokute" New Game!

邑上《むらかみ》主水《もんど》

主な登場人物
ヤマブキ（山吹《やまぶき》）
チャラい軟派男だが、意外と礼節をわきまえている。クラスは「騎士《ナイト》」。
アンドウ（安藤《あんどう》）
考えるより先に行動してしまう猪突猛進男。クラスは「戦士《ファイター》」。
エドガー（江戸川蘭《えどがわらん》）
リアルではボッチの高校生。「アラン」であることを隠して、クラスメイトとドラゴンズクロンヌをプレイすることに……
メグ（佐々木恵《ささきめぐみ》）
すずの友人。気が強くて男勝りな性格。クラスは「盗賊《シーフ》」。
すず（二ノ宮《にのみや》すず）
蘭もひそかに憧れる清楚で優しいクラスのアイドル。クラスは「聖職者《クレリック》」。

よっしー（伊《い》藤《とう》良《よし》純《ずみ》）
蘭の同級生。家がもの凄い金持ちで、金ですべてを解決してきた。すずに言い寄っている。
アラン
蘭が元々使っていたアバター。人気実力ともに№1の「侍」としてドラゴンズクロンヌに君臨する。
ソーニャ
蘭のサポートNPC。コンピュータとは思えないほど気遣いができる。
ウサ
アランに憧れてゲームを始めたというモーム種の「侍」。

目次

第一章　強くてニューゲーム

背丈ほどの草木で覆い尽くされた湿地に、ひとりの男が立っていた。

白銀に輝く長い髪を後ろで結《ゆ》い、同じく抜けるような純白の鎧を身にまとった男。

霞《かすみ》がかった湿地は、視界が悪く、湿った空気と相まって不快極まりない場所だったが、男は気にする様子もなく、無心のままそのときを待っていた。

霧の向こうにいる、巨大な影が現れるそのときを。

空気が揺れた。

男が動く。

彼が手を伸ばしたのは、腰に差した黒い鞘《さや》に収められた一振りの刀だ。

柄《つか》を握り、刃を解き放つ。

刀が持つ尖《とが》り互《ぐ》の目《め》の刃紋《はもん》は寒気がするほど美しく、とても現実のものとは思えない。

――そう、これは現実ではない。

その刀も、湿地も、草木も、そして不快感も――プログラムの命令により彼の脳が創り出した、ただのまやかし。

男は仮想現実世界「ドラゴンズクロンヌ」に立つ、ひとりのプレイヤーだった。

『抜いた！』

男の視界の端、ポップアップしたウインドウにメッセージが浮かぶ。

『おおっ、興奮してきた！』

さらに続けて表示されるメッセージにチラリと視線を送った男は、視線を動かして別のウインドウを表示させた。

メニュー、配信――

新しく表示されたウインドウには、若干のタイムラグはあるものの、今男が見ている光景がそのまま映し出されていた。

「……よし、配信はオーケーだな」

男はひとりごちながら、ウインドウの脇に表示されているめまぐるしく増えていく数値に視線を移す。視聴者数と書かれた数値はゆうに五桁《けた》を越え、未《いま》だ落ち着く気配はない。

それは、男と視界を共有しているプレイヤーの数――つまり、数万のプレイヤーがこの男の「動画配信」を視聴していることを意味していた。

「それじゃあ、始めようか」

『おおお！　待ってましたっ!!』

男の声と同時に、視聴者《リスナー》のコメントに熱が入る。

『え、もしかしてこの戦いもその体力で挑むわけ？』

動画配信画面に映っている男の残り体力ゲージはほぼ底を突き、危険を示す赤色に光っている。

それは、男が危機的状況であることを示すものだ。

「当然」

そう答える男に、減った体力を回復する様子はない。

男はおもむろにいくつかの能力《スキル》を発動させた。

受けたダメージを攻撃力に加算させる、クラス「侍」のスキル【金剛武芸】に、瀕死《ひんし》状態になるとステータスを強化させる【不屈】――

ばしゅう、と男の周りが赤く輝き、身体の奥底から力が湧《わ》き出てくるような高揚感《こうようかん》が生まれる。

『マジか！』

『きたきたきたっ！』

『頑張《がんば》れ！』

ざわめくメッセージウインドウ。

そこへ、ぶわりと霞《かすみ》が揺れ、空気が震えた。

「敵」が来た証拠だった。

「愚かなり小さき者よ」

霞《かすみ》の向こうから、地面を揺るがすような低く恐ろしい声が放たれた。

そして光る二つの赤い目――

霞《かすみ》を払いのけるように現れたのは、巨大な翼を持つ漆黒《しっこく》のドラゴンだった。

「しかし、ここまで辿《たど》り着けたことをとりあえずは褒《ほ》めて――」

「あ、スキップ」

ドラゴンの声を遮《さえぎ》るように放たれた男の言葉に、時間が停止してしまったかのごとくドラゴンの動きがぴたりと止まる。

『イベントシーンをスキップします』

無機質なデジタルボイスが放たれる。

そしてその声が消えたと同時に、耳をつんざくドラゴンの咆哮《ほうこう》が周囲の霞《かすみ》を消し飛ばした。

漆黒の血族《ダークエレメント》専用のスキル、【眷属《けんぞく》の咆哮《ほうこう》】――

数秒間、周囲のプレイヤーに気絶の状態異常を与える凶悪スキルだが、【聴覚遮断】スキルを持つ男には効かない。

わずかに笑みを浮かべた男の左足が地面を蹴《け》る。

ばしん、と足元のぬかるんだ泥土が空に舞い上がる。

それは、ひと瞬《まばた》きほどの時間だったが、すでに男の姿はそこになかった。

『月歩《げっぽ》キタっ!!』

『かっけぇ！』

配信されている動画の画面が主観映像から、ドラゴンと男の両方の姿を捉える俯瞰《ふかん》映像へと切り替わる。

月歩の名のとおり、光の帯を引き連れて動く男がいたのは、巨大なドラゴンの足元だった。

そのままドラゴンの岩のような足に斬りつける。

血飛沫《ちしぶき》が舞い上がると同時に、ドラゴンが防御行動に移る。

上空へと羽ばたきながら、巨大な尻尾を鞭《むち》のようにしならせ、男に向けて振り下ろす。

凄《すさ》まじい衝撃が空気を揺らすが、またしても男の姿はそこになかった。

『うぉぉおっ!!　何度見てもすげえなオイ！』

『マジどうなってんだ!!』

ポップアップウインドウに、驚嘆《きょうたん》のメッセージが滝のように流れていく。

「瞬《まばた》き禁止だ！」

翻弄《ほんろう》すべく、男はドラゴンの左の足元から胴体の下にもぐると、逆側へと抜ける。刀が柔《やわ》らかい腹部を斬り裂き、派手な血飛沫《ちしぶき》が舞った。

その攻撃で、ドラゴンの身体がぐらりと揺れ、バランスが崩れる。

そして、男が次の一手を打とうとしたとき――

男の目に、ドラゴンの口角からこぼれ落ちる炎の破片が見えた。

刹那《せつな》、湿地の水分をすべて蒸発《じょうはつ》させるかと思うほどの業火《ごうか》――予備動作なしの【ドラゴンブレス】が大地を覆い尽くす。

広がる熱風。

炭と化す草木。

どうだ、と言わんばかりのドラゴンの咆哮《ほうこう》が天高く舞い上がった。

『マジかよ!!』

『これは……ダメか？』

男の体力は残りわずかだった。いや、たとえ体力が百パーセントの状態であったとしても、【ドラゴンブレス】を食らって無事でいられる保証はない。

さすがに無理だったかと、リスナーたちの間に落胆の色が広がる。

だが、そのときだった。

『いや、いた！　背中！』

『おおっ!?』

配信映像に白い影が映る。

男はドラゴンの背にいた。

あの業火《ごうか》を無傷で切り抜けていた男は、ドラゴンの漆黒《しっこく》の鱗《うろこ》に刀を突き刺していた。

「まだだ！」

背に乗った男を振り落とそうと、ぐるりとドラゴンが身を捻《ひね》った瞬間、またしても光の中に男の姿が消える。

ドラゴンの爪と牙をするりとすり抜け、血飛沫《ちしぶき》をまき散らしながら、光の帯がくるくると舞う。

それはまるで、巨大な黒い影に寄り添う小さな精霊のようだった。

『おおおお！』

男を追っているカメラが高速で動く。右に捻《ひね》り、左に飛ぶ。

自分の十分の一にも満たない矮小《わいしょう》な男から逃れるようにドラゴンは空高く舞い上がるが、まとわりついた光の筋は離れない。

「はッ‼」

男の口からは自然と笑みがこぼれていた。

鱗《うろこ》の上を疾走《しっそう》し、ドラゴンの攻撃を躱《かわ》しながら男が向かっているのは、その巨体を司《つかさど》る頭部。

そして、ドラゴンの赤い瞳に、白亜の鎧を着た男の姿が映り込んだのはすぐだった。

男は愛刀をくるりと手の中で踊《おど》らせると、流れるように鞘《さや》の中に収め、即座に凶暴な牙を再び解き放つ。

己の防御力をダメージに上乗せする、クラス「侍」のスキル【乾坤一擲《けんこんいってき》】——

光り輝くエフェクトとともにドラゴンの頭上に現れたのは、与えたダメージを表す六桁《けた》を超える数値だった。

『おおおおおおッ‼』

『キターッ‼』

戦いの終わりを告げる断末魔の叫《さけ》びが轟《とどろ》き、巨大なドラゴンが力なく落下を始める。

それが、このゲーム「ドラゴンズクロンヌ」最強の一角と名高いモンスター《Mob》、覇竜《はりゅう》ドレイクを人気実況プレイヤーのアランが単独で斃《たお》した瞬間だった。

＊＊＊

ドラゴンズクロンヌは、脳内に仮想空間をシミュレートするシミュレーテッドリアリティの考え方に基づいて作られた、世界初のバーチャル《V》リアリティ《R》・オンラインゲームだ。

参加者はコントローラーなどのインターフェイスを介することなく、シミュレートされた世界を実際に歩き、その風景を目で見て、そこに生きる人々を肌で感じることができる。

脳内にシミュレートされた世界でゲームをプレイするという手法は、これまでのコンシューマーゲームやＰＣゲームとは一線を画した革新的な部分だ。だが、一方でこれまでのゲームユーザーを取り込むために馴染《なじ》み深い要素も取り入れている。

それが、動画配信だ。

ドラゴンズクロンヌは、専用の動画配信用ストリーミングサーバを用意するほど、動画コンテンツ配信に力を入れている。

プレイヤーであれば誰でもゲーム内通貨で動画を配信・保存できる「放送枠」を購入することが可能で、放送された動画は、やはりゲーム内通貨を支払うことで視聴することができる。

動画配信をゲームシステムの一部として導入したドラゴンズクロンヌでは、ゲーム内に自身のプレイ動画を実況配信するいわゆる「実況プレイヤー」と呼ばれるプレイヤーが数多く存在していた。

そして、その加熱ぶりは意外な方向へと進むことになった。

実況プレイヤーの人気を広告媒体として活用したい企業が、彼らとスポンサー契約を結ぶという、ある意味プロゲーマーとも言える存在を生むことになったのだ。

『マジで倒したぁぁぁあ！』

『おめでとう！』

『いや、俺はやると思ってたけど？』

アランが愛刀を鞘《さや》へ収めると同時に、ポップアップウインドウのコメント欄には賞賛のメッセージが次々と流れはじめた。

今までリスナーたちはコメントすることも忘れるほど、アランのプレイに息を呑《の》んでいたのだ。

アランが倒した「覇竜《はりゅう》ドレイク」は、これまで幾度となくプレイヤーたちを失意の底に叩《たた》き落としてきた凶悪なボスMobだった。

開幕で放つ【眷属《けんぞく》の咆哮《ほうこう》】に始まり、一定時間物理攻撃を無効化させる【センチュリアⅢ】、一定時間魔術をはね返す【リフレクターⅢ】、予備動作なしで広範囲に爆発による大ダメージを与え、行動不能状態を起こす【イベイション】や【ドラゴンブレス】など――制作者の嫌がらせとも取れる強力な能力を持ち、これまで討伐に成功したプレイヤーは皆無だった。

その覇竜《はりゅう》ドレイクを、それもパーティを組まない単独での討伐成功と来れば、目の肥えたリスナーたちも、さすがに度肝《どぎも》を抜かれずにはいられない。

「予備動作なしの【ドラゴンブレス】が来たときはダメかと思ったけど、なんとか倒せたな」

ドラゴンの亡骸《なきがら》の前でまるで自撮りをするかのように、アランがカメラに向かって笑顔を覗《のぞ》かせる。

『ドロップ品！　ドロップ品は何が出た!?』

『ドレイクの攻略ポイントを教えてくれっ！』

ウインドウには、興奮冷めやらぬ熱狂的なメッセージが流れている。

その猛烈なスピードに、アランは思わずコメントウインドウを視界からデリートした。

流れるコメントの内容はおおよそ予測できるし、一人ひとりにこの場で答えることは無理だからだ。

「討伐のポイントは、開幕の【眷属《けんぞく》の咆哮《ほうこう》】をどう対処するかだな。ｗｉｋｉに書かれているとおり、【聴覚遮断】のスキルは必須だ。それと……そうだな、凶悪な【ドラゴンブレス】と【イベイション】のダメージをカットするために『ＤＩＣＥ』の炎耐性装備をおすすめするよ」

購入は俺のソーシャルショップからよろしく、と続けるアラン。

ＤＩＣＥとは、アランとスポンサー契約を結んでいるメンズアパレルブランドのことだ。

アランに資金援助を行う代わりに、彼のネームバリューを企業ブランディングと商品販促のために活用している。そんなＤＩＣＥが企業宣伝も兼ねてゲーム内で販売しているのが、高レベルプレイヤー向けオリジナルデザインの防具だった。

「詳細はブログをチェックして欲しい。まだ登録していない人がいたら、動画チャンネルとメールマガジンの登録をおすすめするよ。次回のメールマガジンでは、今回のドレイク討伐のヒントをもっと教えちゃうかも」

もったいぶるように言葉を残しながら、はらはらと手を振るアラン。

アランのその言葉に、再びメッセージウインドウが熱を帯び、視聴者カウンターはこわれてしまうかと思うほどに回転していく。

「じゃあ、また次の配信で会おう。Adeus《またね》！」

いつものお決まりの言葉を残して、アランの姿は次第に配信画面からフェードアウトしていく。

アランの姿と入れ代わるように配信画面に映し出されたのは、ＤＩＣＥの企業ロゴ。

――配信ステータスがオンラインからオフラインへと変更していることを確認すると、アランは静かにメニューを閉じ、今日の動画配信を終了させた。

＊＊＊

配信が終わり、覇竜《はりゅう》ドレイクとの専用バトルフィールドから離脱したアラン。彼は、瞬間移動《ファストトラベル》を使い、許可したプレイヤー以外が立ち入ることができないプライベートエリア「ホームハウス」へと移動した。

茅葺《かやぶ》き屋根の寄棟《よせむね》造りで、正面玄関に構える立派な唐破風《からはふう》の屋根が「相当なお金がかかっています」と空気で語っている。このアランのホームハウスは、ここが中世西洋風ファンタジー世界だとは思えないほど和風テイストにあふれた武家屋敷タイプのビジュアルだった。

「おかえりなさいませ、アラン様」

そして、母屋へと足を踏み入れたアランをひとりの女性が出迎えた。

白く透《す》き通った肌と長く黒い髪を持ち、黒のゴシックロリータの服装に身を包む、まるで人形のような雰囲気を醸《かも》し出している美しいエルフ、ソーニャだ。

ソーニャは、人間が操作するプレイヤーではない。

ホームハウス機能のサポートや、生産・ソーシャルショップ管理の代行、プレイヤーに同行して戦闘のサポートを行うノンプレイヤーキャラクター《NPC》だ。

ちなみにサポートキャラは、ゲーム内通貨やリアルマネーの課金で様々なカスタマイズが可能で、ゴシックロリータのエルフというソーニャの容姿は、完全にアランの趣味だ。

「ただいまソーニャ。俺が出ている間に何かあった？」

「ソーシャルショップに出品されている『ブリザリア』シリーズの在庫が少なくなっております」

「あ、やっぱり？　売れるとは思っていたけど、もっと在庫をＤＩＣＥに掛け合うべきだったか」

「アラン様の動画配信終了後、ソーシャルショップへのアクセスは前日比三百二十パーセント増加、購入者は一万六百五十四名です。詳細はソーシャルショップのアクセス解析をご確認ください」

ブリザリアシリーズとは、放送でアランが口にした、ＤＩＣＥが販売している炎耐性が高い防具シリーズのことだ。

シミュレートされた仮想世界であるドラゴンズクロンヌでは「在庫」という概念は存在しないが、参入企業が販売するアイテムに関しては別だった。アイテムの卸し数により、定められた金額を運営企業に支払う必要があった。

ゲーム内でアイテムが売れても、参入企業に即リアルマネーが入ってくるというわけではない。

だが、そのアイテムを装備したプレイヤーが広告塔になり、商品やサービスのアピールをすることになる。つまり、ゲーム内でまるでファッションショーのように自社商品をプレイヤーが宣伝してくれることになり、運営に支払うリアルマネーは言わば「広告媒体出稿費」だった。

「他は？」

「未アップロードの動画が一本。未読のメールが三百五十通あります」

「了解。動画とメールは後にして、とりあえずアイテムボックスを」

「畏《かしこ》まりました」

ソーニャは小さく頭《こうべ》を垂れると、アランの視界にウインドウを表示させた。

ホームハウスでのみ利用できる、アイテムや装備を収納するアイテムボックスのウインドウだ。

「さて、と」

持ち歩き用であるアイテムインベントリに表示されている覇竜《はりゅう》ドレイクのドロップ品の数々に、アランは目を輝かせながらほくそ笑んだ。

「ドレイクの鱗《うろこ》」に「竜の脂肪《しぼう》」に「漆黒《しっこく》の角」に「眷属《けんぞく》の血液」。

どれもレアリティ最高位の「アーティファクトクラス」の素材だ。

手に入れた素材で生産できる装備は、武器なのか防具なのかわからない。

だがクラス「侍」が装備できるものが製作できたらと思うと、興奮を抑えられない。

とはいえ、その確認は次回のログイン時のお楽しみに回すことにした。ログアウトする前に確認することがあったからだ。アランはインベントリからボックスへアイテムを移すと、メニューから「ランキング」を表示させた。

「ランキングを表示します」

ソーニャのアナウンスとともに映し出されたのはプレイヤーのリスト。

それは、動画視聴者数のランキングだった。

動画配信を推奨《すいしょう》しているドラゴンズクロンヌにおいて、優《すぐ》れたプレイヤーとは、この動画配信ランキング上位者のことを指す。実力が伴えば、自ずと動画を視聴するプレイヤーが増えることになり、視聴数はキャラクターのレベル以上に実力を測るものさしになるからだ。

「下位は変動なし、か」

三十位から表示されたランキングは上へとスライドされ、やがて最上位プレイヤーの名前を表示してストップした。

「デイランキング一位は変わらずアラン様です」

「まあ、当然だな」

「素晴らしいです。さすがです」

小さく笑みを浮かべながら、ソーニャはアランを褒《ほ》め立てる。

そこに表示されていたアランの動画視聴者数は、二位のプレイヤーとは倍近くの差をつけていた。

昨日まで二位との差はそれほどなかった。これほどの差ができたのは、やはり覇竜《はりゅう》ドレイクを討伐した影響だろう。だが、油断はできない、とアランは己を戒《いまし》める。

現在ランキング二位の「クロシエ」は女性プレイヤーだ。

プレイヤースキルが非常に高いということもあるが、それ以上にクールな女性プレイヤーであることが、クロシエの強力な武器だ。その証拠に、彼女とスポンサー契約を結んでいる女性向けアパレルブランドは、スポンサー契約締結後、売上が右肩上がりらしい。

なぜそこまで詳しいかというと、何を隠そう、アランもクロシエのファンのひとりだからだ。

「メールボックスを」

「畏《かしこ》まりました」

ひととおりランキングに目を通したアランは、続けてメールボックスを表示させた。

新しくウインドウが表示され、今まで溜《た》まっていたメールが次々と受信されていく。

「危険レベルが中以上のメールは削除候補に指定しています。必要なメールがありましたら、指定を解除して受信ボックスに移動してください」

「助かるよ」

三百五十通ものメールの大半は、動画やブログを見たファンからのメールだった。

中には攻撃的な内容のメールもあるものの、時間があるときにひとつひとつ返信するため、アランは「プレイヤー」と書かれたボックスにそれらを振り分けた。

DICEとスポンサー契約を結んでいる以上、どんなメールであれぞんざいな扱いはできない。

そのうちソーニャに自動返信機能が追加されれば良いんだが、とそのメールを見ながらアランは重いため息をつく。

「よし、後は……」

さらりと目を通したところ、残りは誰から発信されたかわからない、いかがわしいデータが添付されたメールばかりだった。

ドラゴンズクロンヌでは、企業がスポンサードするプレイヤーが増えてきたことによる弊害が問題になっていた。

それが「アカウントハック」だ。

アカウントハックとは文字どおり、ドラゴンズクロンヌのアカウント情報を不正に取得する行為で、これまでもそういう行為をしたプレイヤーが警察沙汰《ざた》になっている。

彼らのアカウントハック方法は様々だが、一番多いのはメールからのハッキングだ。

メールに添付されたアイテムを開かせることで、バックドアなどのマルウェアをＶＲコンソールに常駐させ、次回ログインした際にアカウント情報を抜き取るという手口だ。

ゆえにドラゴンズクロンヌでは、添付物を送る前にはボイスチャットで確認を取るのがマナーになっている。そういった連絡を受けていないアランは、メール本文を読まずにそれらのメールをそのままゴミ箱へと投げ入れた。

「ところでアラン様、そろそろログアウトしなくてもよろしいのでしょうか？」

「え？　あ、やべ、もうこんな時間じゃん」

視界の端に表示されている時計は、二十二時を回っていることを示していた。

これからブログを更新し、生放送動画を編集してアーカイブに入れる作業で三十分は取られてしまう。今からログアウトしたとして、ベッドの中にもぐれるのは二十三時くらいだ。

「……マジで億劫《おっくう》」

重苦しい口調でぽつりとアランがこぼす。現実世界の表情をスキャンしたアランのアバターは、心底嫌気が差しているような顰《しか》めっ面へと変わった。だが、アランが億劫《おっくう》に思っているのは、ブログ更新や動画アーカイブをアップロードすることではない。

彼が最も嫌なこと。それはこの世界に別れを告げ、現実世界に戻ることだった。

「はあ……学校行きたくねえ」

動画配信中には決して見せないアランの本当の姿がかいま見える。

ドラゴンズクロンヌの世界では、知らない者はいないほどの超人気実況プレイヤーであるアラン。彼と知り合いたいプレイヤーは星の数ほど存在し、アランが狩りに同行するプレイヤーを募集すれば、そのエリアには処理限界に達してしまうくらい人が集まるだろう。

しかし、現実世界の彼は違った。

片田舎の高校に通う彼を知る人間は少なく、手を挙げたとしても集まる人間は誰もいない。

アランこと江戸川《えどがわ》蘭《らん》は、この世界の姿からは想像できないほどにおとなしく、地味な高校生——それも友達すらいない、いわゆる「ぼっち」の高校生だった。

「ガンバです、アラン様。ソーニャはずっとアラン様がお戻りになるときを心待ちにしています」

「ソーニャ……」

淑《しと》やかに両手を前で組んだまま、ソーニャはにこりと微笑《ほほえ》みを投げかける。

ソーニャのその言葉は、まるで乾いた砂漠に染みこむ恵みの雨のように、じわりと蘭の心に広がっていく。

ぼっちの高校生、蘭にとってソーニャは世界でひとりだけのかけがえのない「癒やし」だった。

＊＊＊

アランこと江戸川蘭がＶＲコンソール「UnChain」に出会ったのは三年前だった。

脳内に仮想現実をシミュレートするデバイスUnChainは、五感に一定の刺激を与え、感覚器を通さずにビジュアルを脳内に投影する「ブレインマシン・インターフェイス」の一種だった。リクライニングチェアにフードが付いただけの比較的小型なデバイスである。

チェアに腰掛け、本体を起動することで、即座に仮想世界に接続することができるという手軽さも話題になり「これまでの常識を覆《くつがえ》す未来のデバイスだ」とマスコミが騒ぎ立てもした。ただ、一般的には裸眼３Ｄや拡張現実《AR》など、これまで幾度となく失敗してきた技術と同じ道を辿《たど》るだろうという冷ややかな意見が多かった。

しかし、とあるアプリケーションの登場で状況は一変する。

それがUnChainプロジェクトのひとつとして開発された「ドラゴンズクロンヌ」だった。

ゲーム内アバターとなり、剣と魔法のファンタジックな仮想世界に入れるそれは、ゲームファンだけではなく幅広い層に受け入れられ、社会的なＶＲブームを巻き起こすに至った。

「はあ……」

片田舎にある県立霞ケ丘《かすみがおか》高校。

笑い声が漏れてくる昼休みの教室にぽつんと取り残されたひとりの少年が、重苦しいため息を吐《は》き出した。ゲーム内の世界からは想像できない、哀れな「ぼっち」、江戸川蘭だ。

ドラゴンズクロンヌの世界では、白銀の髪に長身、中性的な顔立ちと、まるで絵に描いたような美形だった蘭の本当の姿は、いまいちパッとしない黒縁眼鏡の少年である。

二年生への進級時に行われたクラス替えからすでに半年が経過していた。

周りにはいくつものグループが作られているが、蘭の周りにいる生徒は――ゼロ。

昼休みが苦痛以外の何物でもない蘭は、まるで流されないように必死に岩場にしがみつくタニシのごとくじっとその時間を耐え忍ぶことが日課になっていた。

「あと二時限……あと二時限で終わりだ」

蘭はぼんやりと窓の外を眺めながら、念仏のようにぼそぼそと呟《つぶや》き続ける。

家に帰ったら、ドレイクの素材から生産できる装備の確認をして、作れそうな物があったら即クラフトルームに篭《こ》もろう。

だがその前に、DICEにブリザリアシリーズの追加発注を依頼しないといけない。

在庫次第では、すぐにでもメールしておいたほうがいいだろう。

そう考えた蘭はそっとスマートフォンを取り出し、ソーシャルショップに出品しているブリザリアシリーズの在庫を確認するために、ブックマークしているドラゴンズクロンヌのマイページを開いた。と、そんな矢先――

「なあ、昨日の配信見た？」

蘭の耳にふと入ってきたのは、クラスメイトの会話だった。

「配信って……アランの配信？　当たり前だろ。やばかったよな」

「な。俺、思わず叫《さけ》んじまった」

クラスメイトが話しているのは、ドラゴンズクロンヌ――それもアランの話だった。

思わず息を呑《の》んでしまう蘭。

ドラゴンズクロンヌには学生プレイヤーも多く、クラスメイトの中にプレイヤーがいることは知っていたが、やはり自分のアバターの名前が実際に会話の中に出てくると変なむず痒《がゆ》さがある。

「知ってるか？　アランって噂《うわさ》では俺たちと同じ高校生らしいぜ？」

「え、マジで？　ＤＩＣＥから相当金もらってるんだろ、アランって」

「ゲームでお金もらえるって、メチャ羨《うらや》ましい高校生だよな」

彼らの会話が気になるものの、話しかける勇気もガッツもない蘭は、いつものように耳だけをそちらへと傾けたまま、視線は窓の外へ逃がす。

「でもさ、あんだけ凄《すご》いテクニックがあるってことは、廃人プレイヤーだよな」

「多分な。金はあるのに私生活を犠牲《ぎせい》にするって、ある意味可哀想だよな」

「……ッ！」

意外な方向に流れていったふたりの会話に、蘭は思わず顔を顰《しか》める。

確かに蘭は、クラスメイトの会話を盗み聞きするくらいのことしかできない――いわゆるネットスラング的な意味でのコミュニケーション障害を持つ者「コミュ障」だ。

だが、蘭にほんの少し勇気があったとしても、コミュ障でなかったとしても、ドラゴンズクロンヌの話をネタにできたとしても、蘭は彼らに自ら近づくことはない。

自分がアランだと知ったら、彼らは豹変《ひょうへん》し「友人になった対価」を求めると知っているからだ。

彼らが求めるのは、アランが持つ人気と知識、そして――お金。

蘭は本当に馬鹿らしい、と辟易《へきえき》してしまう。現実世界に友達なんかいらない、必要ない。言い訳のように己にそう言い聞かせる。

「安藤《あんどう》くん、山吹《やまぶき》くん」

蘭が心の中で悪態をつき、重苦しい負のどんよりオーラをまといはじめたそのときだ。

春風が吹き抜けていったかと思ってしまうほどの透《す》き通った女性の声が、蘭の耳をくすぐった。

思わず視線をそちらに向けてしまった蘭の目に映ったのは、窓から差し込む日差しに煌《きら》めく、栗色の長い髪――

ブレザーは彼女のためにある、と公言しても良いほど似つかわしい女子生徒、二ノ宮《にのみや》すずだ。

「例の件、見つかったかな？」

少し肩をすくめながら、すずがアランの話題で盛り上がっていたふたりの男子生徒に問いかける。

はらりと崩れた髪の毛を小指でかき上げる仕草は、とても同じ歳だとは思えないほど色っぽい。

瞬間的に窓の外へと離脱する蘭の視線。すぐに視線は外したものの、鼓動はどくどくと高鳴ったままだった。

すずとはクラス替えで一緒になった。

彼女は少し奥手で引っ込み思案なところがあるが、何事にも一生懸命だった。派手さはないもののの目鼻立ちがすっきりと整い、丁寧《ていねい》で物静かな雰囲気は「可憐《かれん》」という言葉が似合う女子生徒で、彼女に惹《ひ》かれる生徒は男女問わず多い。

ぼっちで影が薄いクラスメイトの蘭もそのひとりだった。

「あ、そうだ。ゴメン、まだだった」

「私はいつでもいいんだけど、メグが今日やろうってうるさくて。メンバー、見つかるかな？」

「え、今日からだっけ？　グランドミッション」

安藤と呼ばれた男子生徒が不意に放った単語に、聞き耳を立てていた蘭の心臓がどくりとはねた。

グランドミッション——

もしかして、ドラゴンズクロンヌのグランドミッションのことなのではないか。

多くのプレイヤーが一斉に集《つど》い、ひとつのクエストをこなす「グランドミッション」が近々配信されるという情報は、蘭もウェブサイトから入手していた。

「他に、クラスでドラゴンズクロンヌプレイしている奴っていたっけ」

「そりゃいるけど、もう別でパーティ組んでるぜ？」

「余ってる奴、ひとりくらいいるだろ」

しらみ潰《つぶ》しに当たろうぜ、と安藤と山吹の口から五十音順に、次々と生徒の名前が放たれる。

五十嵐《いがらし》、井上《いのうえ》、内田《うちだ》、江頭《えがしら》、加藤《かとう》——

だが、江戸川の名前は出ることなく、出席簿の最後である「渡辺《わたなべ》」まですぐに到達した。

「……いねえな」

「どーすっか」

少しずつあきらめムードになってきたふたりの傍《かたわ》らで、蘭は爆発しそうな心臓を抑えるのに必死だった。会話の流れから察するに、すずはドラゴンズクロンヌをプレイしている。それも、同じクラスメイトである彼らと――

「すずさん、他のクラスに当たるって方法もあるけど？」

「……うーん、それは難しいかな。メグは知ってる人としかやりたがらないから……ワガママ言ってごめんね」

「だよなあ。どこかにプレイしている奴いないかな」

ここです。ドラゴンズクロンヌをプレイしているクラスメイトはここにいます。

つい今しがた「友達は必要ない」と心の中で言い放ったこともすっかり忘れ、蘭は誘ってくれと言わんばかりにそわそわと身を震わせる。

だが、心の声がふたりに届くわけはない。

一メートルにも満たないすずたちとの距離が、はるか彼方《かなた》、霞《かすみ》がかかるほどに遠く感じてしまう。

蘭を嘲笑《あざわら》うかのように、窓の外から生徒たちの楽しそうな笑い声が注がれる。

こく一刻と迫る昼休みの終わり。それは蘭にとって喜ばしいことだ。しかし、今日だけは終わらないで欲しいと願ってしまう。我ながら身勝手だと、蘭が自己嫌悪した矢先だった。

「えーっと……江戸川くん……だよね？」

ぽつりと放たれたのはすずの声だった。それも、彼女が口にしたのは、「俺を誘え」と呪いじみた祈りを捧げていた蘭の名前――

「ふえっ⁉」

まさか自分の名前が本当に出るとは思っていなかった蘭は、思わずすっとんきょうな声を放ってしまった。一瞬、聞き間違いか、と思ったが、こちらに向けられているすずの視線は、聞き間違いではないことを物語っていた。

「江戸川くんって、ドラゴンズクロンヌやってるの？」

「……へ？」

今度は、みっともなく声が裏返ってしまう。蘭はこの瞬間ほど死にたいと思ったことはない。

「え、マジで？」

蘭とすずの顔を交互に見ながら、眉を顰《ひそ》めたのは安藤だ。

「江戸川って……やってンの？　てか、なんですずさん知ってるわけ？」

「だって、ほら、スマホ」

「スマホ？」

すずが指差したのは、蘭の手に握られていたスマートフォンの画面だった。

そこに表示されているのは、ドラゴンズクロンヌのウェブサイトから閲覧できる、プレイヤー情報が確認できるマイページ。

三人の視線がスマホへと向けられた瞬間、即座にその画面を消したが、時既に遅しだった。

「お前ドラゴンズクロンヌやってたのかよ！　全ッ然知らなかった！」

「マイページを見てるってことは、江戸川くん、ドラゴンズクロンヌのアカウント持ってるってことだよね？」

「……うっ」

まるで地中から引きずり出されたモグラのように、急に話題の中心に放り出された蘭は、目を白黒させながら戸惑ってしまう。そしてさらに自己嫌悪に陥《おちい》ってしまった。

スマホにこれみよがしにマイページを出して、誘ってくれと言っているようなものじゃないか。

実際にそうなのだが。

「でもまあ……やってンならお前でもいいか」

「だな。背に腹は代えられない」

「……ッ！」

蘭は頬《ほお》が引きつってしまったのが自分でもわかった。

お前でもと言われるほど安い男じゃない、と胸中で吐《は》き捨てる。

そして、参加してもいいと思っていた考えを改めて、そっぽを向こうとしたそのときだ。

「ねえ、江戸川くん」

「は、はい」

蘭の耳に飛び込んできたのは、またしても耳心地のいいすずの声だった。

先ほど安藤と山吹に問いかけたときと同じく、少し身を屈めて小さく首を傾《かし》げるすず。

他の誰かではなく、自分に向けられた仕草に、蘭の頭に渦巻くどす黒い怒りは、水面《みなも》に降りる朝霧のように真っ白に吹き飛んでしまった。

「もし良かったら、なんだけど」

すぐ目の前で自分を見つめるすずに、心臓の鼓動は速くなり、瞬《またた》く間に喉《のど》はカラカラに渇《かわ》いていく。そして、狼狽《ろうばい》する蘭を気にする様子もなく、すずは続けた。

「私たちとドラゴンズクロンヌ、一緒にプレイしてくれないかな？」

昼休みの終わりを告げるチャイムが高々と鳴り響く。

そのチャイムは、やけにはっきりと自己主張するように蘭の鼓膜《こまく》を揺らす。

しかし、蘭はすずの口から放たれた言葉を聞き逃がすことはなかった。

「喜んで」

このままずっと昼休みが終わらないで欲しいと思ったのは、高校生活が始まって、初めてだった。

＊＊＊

気がついたら、家についていた。

すずに声をかけられた後、どういう返事をしたのか全く覚えていなかったが、結局蘭は今日、すずたちと一緒にドラゴンズクロンヌをプレイすることになってしまった。

「マジか。リアルの俺を知っている人たちとドラゴンズクロンヌをプレイするのか、これから」

正直なところ、自分の住む世界を侵食しないでもらいたい、と蘭は思った。

蘭にとって、ドラゴンズクロンヌは誰にも踏み込まれたくない空間であり、この世界で唯一の気が休まる場所だからだ。喋《しゃべ》ったこともないクラスメイトだけでも無理なのに、女子が一緒だなんて苦行以外の何ものでもない……

「何ニヤニヤしてんだお前。気色悪い」

「……ッ!!」

突然声をかけられた蘭は、びくりと身をすくめてしまった。

自室につながる二階の廊下に立っていたのは——健康的な日に焼けた肌と短く刈《か》り込まれた頭髪、それにランニングシャツがよく似合う引き締まった身体。貧相な蘭とは正反対な身なりの兄、葦《い》草《ぐさ》だ。

「何か良いコトあったのか?」

「べ、別に何もない」

言われてニヤついていたことに気がついた蘭は、慌《あわ》てて笑みを無愛想な表情の下に隠す。

「ふーん、まあ良いけど。下の冷蔵庫に飲み物なくてさ、お前ンとこの冷蔵庫からもらっても良い?」

「良いよ。てか、勝手に取って良いって、いつも言ってるじゃん」

「いや〜、年頃の男子の部屋に勝手に入るのはちょっと気が引けるし、それにお前の部屋、触っちゃダメなモンが多いだろ?」

機械とかからっきしダメだから、と葦草はカラカラと笑いながら答える。

葦草とは特に仲が良い兄弟というわけではないが、現実世界で会話を交わすことができる数少ない人物だった。

「ところで調子良いわけ？　あっちの方は」

「あっち？」

「それだよ」

両開きの巨大な冷蔵庫の中からペットボトルを取り出し、葦草が部屋の大半のスペースを支配しているＶＲコンソール、UnChain を指差した。

「まあ、契約を打ち切られない程度には」

「そうか。お前のそれがウチの大きな収入源になってるとはいえ、あんま根つめんなよ」

ＤＩＣＥからの支援金は、UnChain のメンテナンスやドラゴンズクロンヌのプレイ費用にはじまり、動画編集やブログ更新に使うＰＣ、息抜き用の本や雑誌、映画、アニメ、そして衣類などの購入に使っているが、江戸川家の家計の大きな助けになっていることも事実だった。

当初、両親は蘭がアパレルブランドのモデルになったという話を信じてくれなかった。

蘭が地味で友人もいないことを、両親は痛いほど知っていたからだ。

ゆえに、蘭は両親に証明してやることにした。

新築ローンを一括で支払ってやったときの、鳩が豆鉄砲を食ったような両親の表情は一生忘れられないだろう。

「兄貴も興味あるならやってみたら？　就職決まったんだし、時間余ってるだろ」

「俺？　いや無理無理。俺ゲーム下手だし、身体動かしてる方が性に合ってる」

趣味はサーフィンにスノボにロードバイク。最近はフットサルのチームに入ったと言っていた。

「ま、無理強《じ》いはしないけど、欲しかったら言ってよ」

「欲しかったらって……お前、買ってくれンのか？　これ」

「兄貴がやりたいって言うなら」

「いや〜、そこまで弟に面倒見られたらメンツが立たないわ。お前に施しを受けるのは飲み物だけにしとくよ」

飲み物サンキューな、と笑顔を見せて蘭の部屋を出ていく葦草。

そして蘭は、その背中に毎度のことながら羨望《せんぼう》の眼差《まなざ》しを送ってしまう。

蘭が自らドラゴンズクロンヌに誘うことなど他ではあり得ないが、葦草だけは違った。

もともと気遣いが上手いこともあってか、葦草は周りに蘭のことを自慢することも蔑《さげす》むこともなく、普通の弟として接してくれている。

そんな葦草に、蘭は心を許している部分があった。

「……って、そんなことよりも」

葦草に構う暇がないほど、切羽《せっぱ》詰まった状況であることを蘭は思い出した。

これから向こうの世界ですずと会う予定なのだ。

安藤と山吹が声をかけたのであれば、これほどまでに気をもむことはなかっただろう。

しかし、誘ったのは彼らではなく、すずなのだ。

すずにドラゴンズクロンヌを一緒にプレイしようと誘われたのだ。

「……ちょっと待て」

ふと何かに気がついた蘭はベッドに腰をおろす。

もしかすると、すずの中で自分は「近寄りがたいキモいクラスメイト」ではなく「まあ、害はないし一緒にゲームをプレイするくらいなら平気だな」程度の位置にいるのではないか。

「その可能性はあるぞ。いやそれどころじゃなく……」

飛躍していく妄想《もうそう》に、ベッドに寝ころんだ蘭の表情が再び緩《ゆる》む。

蘭が「一緒にゲームをプレイするくらいなら平気」レベルのクラスメイトだとしても、彼女はわざわざ誘うだろうか。

答えは否だ。

彼女はクラスのアイドルだ。アイドルはわざわざそんなことをしない。

つまり、自分から誘うということは「一緒にプレイするくらいなら平気」ではなく「私、江戸川くんとプレイしたかったんだ」ということだ。

「これはもしかして……リア充デビューが近いってことかもしれない」

右に左に大立ち回りした蘭の妄想《もうそう》は、かなり飛躍した場所に着地する。

そして、俄然《がぜん》やる気が出てきた蘭はベッドから飛び起きると、まるでスクランブル出動する戦闘機パイロットのように、即座にUnChainのチェアへと滑《すべ》り込んだ。

これはまさに戦争準備態勢《デフコン1》だ。

すずが集合に設定した時間は一時間後。

集合場所はプレイヤーが最初に訪れる街、「クレッシェンド」だ。

昨日ログアウトしたのがホームハウスだから、ファストトラベルで行けばすぐに――

「……あ」

リクライニングチェアに取り付けられたフードを下ろし、UnChainを起動させようとしたそのときだ。蘭の頭に去来したのは、根本的な問題だった。

「キャラクター、どうしよう」

彼女たちとドラゴンズクロンヌをプレイするためには、もちろんゲーム内のアバターが必要だ。

だが、蘭のアバターは、アランしかない。

一瞬、アランでログインしようかと考えた蘭だったが、すぐにその考えは消した。

蘭がアランだと知られてしまったら厄介《やっかい》なことになってしまう。すずがそれで騒いだりすることはないだろうが、他のクラスメイトたちは別だ。

「仕方ない。新しくキャラクターを作るか。今回二ノ宮さんに呼ばれた目的もグランドミッション参加のためだし、始めたばかりっていう彼女たちにレベルが近い新しいキャラの方が良い」

と、ひとりごちたその言葉で、またしても蘭の指先がぴたりと止まる。

そして、先ほどまで蘭の頭を支配していた妄想《もうそう》は一気に吹き飛んだ。

すずが声をかけたのは、グランドミッションに参加するパーティを作るのに最低限必要な人数を揃えるため、言わば数合わせだ。

つまり、グランドミッションが終了すれば、すずとは「ドラゴンズクロンヌをプレイする仲」ではなく、「ただのクラスメイト」に戻る可能性が高い。

これは「私、江戸川くんと話したかったんだ」じゃなくて「グランドミッションに参加するためだし、キモい江戸川くんでも良いや」という最悪のパターンではないのか。

「……はあ……マジで行きたくなってきた」

風船がしぼむように、一気にやる気を失ってしまった蘭は、重いため息を漏らす。

最悪の未来が想像できた蘭は、彼らを無視してアランでソロプレイをしようかと本気で考えてしまった。こういうときはソーニャに目いっぱい褒《ほ》めてもらうに限る。

『俗識から解放された無限の世界へ、ようこそ』

UnChain の電源を入れると同時に流れるアナウンス。

蘭の意識が少しずつぼやけていく。ずるりと身体が地面の中に溶けていくような錯覚《さっかく》。ちかちかと遠くで何かが光る。

これまで幾度となく経験してきた、仮想現実世界への入り口だ。

『IDとパスワードを確認。おかえりなさいエドガワ様。ドラゴンズクロンヌを起動します』

ぶわり、とトンネルから抜けるような感覚。大空に舞う身体。全身で風を受け、大地の心地よい香りが突き抜ける。

『キャラクターを選択してください』

昨晩ホームハウスでログアウトしたアランの姿が映った。

躊躇《ちゅうちょ》せず、アランを選択する蘭。

だが、アランを選択したまま固まってしまった。

あのとき、教室で自分に向けられたすずのまばゆい笑顔が脳裏にちらついてしまう。

蘭を誘ったのは単なる数合わせだ。だが、そうだとしても、すずは頼っているのだ。あの憧《あこが》れの二ノ宮すずが――

「……クソ。決定ッ！」

ふわりと浮かび上がった蘭の身体が、はるか遠くの街へと飛ばされていく。

次第に近づいてくるのは、アランでログアウトしたホームハウス……ではなく、新規プレイヤーが最初に訪れる街、「クレッシェンド」――

『新しいキャラクターを作ります』

視界が暗転した。そして目前に浮かび上がったのは、懐かしいキャラクタークリエイト画面だった。

＊＊＊

『これからドラゴンズクロンヌの世界で生活するためのアバターを設定します。設定後、変更はできませんのでご注意ください』

女性の声が丁寧《ていねい》に案内した後、打ちっぱなしのコンクリートのような無機質の地面に立つひとりのアバターが現れた。

目鼻立ちがすっきりとした中性的な姿をした男性キャラクターだ。

アバターはこの初期設定から自由に作り変えることが可能だった。

髪型、髪の色からはじまり、目や口、鼻の形、輪郭《りんかく》や頬骨《ほおぼね》の位置まで、多くの変更可能箇所が存在する。

「3Dスキャンから俺の姿をロードしてくれ」

『畏《かしこ》まりました。UnChain のスキャナを起動します。しばらくお待ちください』

蘭が行《おこな》ったのは、現実世界の姿をそのままアバターとしてコピーする方法だった。

キャラクター設定に時間をかけている暇はないし、グランドミッションが終了すればこのアバターは消すことになる。

それに、現実世界と同じ姿の方が、すずたちも見つけやすいはず。

しばしの時間が経過したのち、アバターの姿が変化した。

いつも鏡で見ている、どこかぱっとしない地味な自分の姿だ。

『この設定でよろしいでしょうか？』

「オーケーだ」

『……アバターを設定しました。続けて名前を教えてください』

続けて放たれたアナウンスに、蘭はしばし考えこむ。

「蘭」でいいかと思ったが、現実世界と同じ姿で同じ名前は少々問題があると考え、候補から消去した。ということで「江戸川」もパス。

「……カタカナで『エドガー』で」

『エドガー、ですね。確認します……クリエイト可能な名前です。この名前でよろしいですか？』

蘭にはネーミングセンスがない。

エドガーにアラン。お前は小説家か、と自分に突っ込みたくなってしまったが、深く考えないことにした。

「オーケー」

『アバターをクリエイトしました。最後にクラスを選択してください』

蘭そっくりのアバターの周りを、いくつもの小さなアバターがぐるりと取り囲んだ。

どれも専用の豪華な装備に身を包んでいる。

その画面は、キャラクタークリエイトにおいて、最も重要な職業《クラス》設定画面だった。

接近戦を得意とする「戦士《ファイター》」から、中・遠距離で戦う「魔術師《ウィザード》」、回復職である「聖職者《クレリック》」に、様々な精霊を召喚できる「召喚士《サマナー》」――

だが、蘭は迷わずひとつのクラスを選択した。

クラス「侍」。

メインキャラクターであるアランと同じ、瞬間火力に特化した超攻撃型のクラスだ。

ドラゴンズクロンヌは、ＶＲという特性も相まって、アクション性が非常に高い。

特に戦闘中は悠長に戦闘メニューを選択している暇もなければ、自分と相手が交互に攻撃するようなターン制でもなく、状況は常にリアルタイムで変化する。

瞬時の判断を必要とするため、アクションRPGというよりも、格闘ゲームに近い。

それはつまり、培《つちか》ってきたテクニックを活用すれば、レベルが低くてもMob戦はもちろん、対人戦も格上と渡り合うことが可能なのを意味する。

グランドミッションが終了すれば消される運命にあるアバターとはいえ、メインキャラクターの知識を最大限活用できる侍で始めるのがベストだ、と蘭は考えていた。

『設定は完了しました。それでは、ドラゴンズクロンヌの世界に向かいましょう』

ふわりと体が浮いたような感覚。

蘭の視界は、吸い込まれるように目の前のアバターの中へと飛び込んでいく。

手足に確かな感覚が生まれた。

『ドラゴンズクロンヌにようこそ』

高所から落下するような悪寒《おかん》が走ったと同時に、最後のアナウンスが放たれた。

見えるのは広大な水平線。鼻腔《びこう》をくすぐるのは潮の香り。

蘭はアバター「エドガー」として、見慣れたドラゴンズクロンヌの世界に立っていた。

＊＊＊

懐かしい風景だった。

ドラゴンズクロンヌの世界に降りて最初に訪れる街、クレッシェンド。

ここは、世界にひとつしかない大陸の南部にある、砂丘に作られた小規模な港街だ。

プレイヤーはクレッシェンドに流れついた異邦人という設定で、この街で遊び方の基本を学んだ後、どこかの国に所属して狩竜徒《ドラゴンハンター》として活躍していくことになる。

「懐かしいな」

湿った空気。風に乗る潮の香り。港では多くの漁師が船に乗り込み沖へと漕《こ》ぎ出している。

もう長い間この街には来ていない。だが、長い年月が経とうとも、この港町に住む人たちは変わらない。

「……と、感傷に浸《ひた》る前に」

周囲を見渡した後、エドガーは視界の端に時計を表示させた。

ゲーム内の時間と、現実世界の時間。

すずたちとの待ち合わせまでもう少しある。このままここで彼女たちの到着を待っていても良いが、それよりもグランドミッション参加の準備をした方が良いだろう。

グランドミッションは、パーティ単位で競うチーム戦だ。

ミッションの目的は、専用フィールドのどこかにいるボスＭｏｂを討伐することで、クリアするまでの時間などの指標により、同時に参加する四つのパーティで順位が付けられ、報酬《ほうしゅう》が変わる。

グランドミッションで重要なのは、いかに素早く雑魚《ざこ》Ｍｏｂを倒し、ボスＭｏｂに到達するか。

つまり、途中で受けたダメージをいかに素早く回復し、先に進むかが肝になる。

普通なら「聖職者《クレリック》」を回復役《ヒーラー》にあてようと考えるが、それは逆に時間のロスになってしまうことを蘭は知っていた。

回復魔術の詠唱《えいしょう》時間と魔術発動に使用する「スタミナ」の回復時間を考えると、聖職者《クレリック》にはMobへの弱体化魔術《デバフ》と味方への強化魔術《バフ》に注力してもらい、回復は戦闘中、自分で行う方がいい。

ゆえに必要なのは、十分な回復アイテムなのだ。

「ホームハウスへ」

エドガーの声と同時に、メニューが開き、ホームハウスが選択される。

瞬時に視界が光に包まれ、エドガーはホームハウスへとファストトラベルした。

＊＊＊

「おかえりなさい、エドガー様」

ホームハウスでエドガーを迎えたのは、黒のゴシックロリータと、そこから伸びる四肢《しし》のコントラストが眩《まぶ》しい、美しいエルフの女性、ソーニャだった。

「ただいま、ソーニャ」

「サブキャラクターでログインされるなんて珍しいですね」

「ちょっと色々問題があってね」

「それは大変です。何かお手伝いできることがありましたら仰《おっしゃ》ってくださいね」

そう言って笑顔をこぼすソーニャに、エドガーは思わず顔がほころんでしまう。

サブキャラクターであるエドガーのホームハウスにソーニャがいるのは、不思議なことではない。

サポートNPCは、ひとつのアカウントにつきひとり、割り当てられるからだ。

「ソーニャ、聞きたいことがあるんだが、向こう《アラン》のアイテムボックスにあるアイテムはこっちに持ってこれたか？」

「申し訳ありません、それは無理です。アラン様のアイテムをエドガー様のアイテムインベントリに入れるには、アラン様で一度ログインいただき、メールで送るしか方法はありません」

「そうなのか」

「はい。システム上、そのように制限されています」

面倒くさい、とエドガーは顔を顰《しか》めてしまった。アランのアイテムボックスには腐《くさ》るほど回復アイテムがあったため、それを使おうとエドガーは考えていたのだ。

「エドガー様はもしかして、グランドミッションにご参加を？」

「……ん？　そのつもりだけど」

「でしたら、アイテムより先に初期スキル設定をなさった方がよろしいかと思います」

「あ、そうか」

初期スキル設定など何年もやっていなかったエドガーは、すっかりそのことを忘れていた。

ドラゴンズクロンヌをプレイする上で重要なのが「スキル」だ。

スキルとは、レベルアップする度に一ずつ加算される「スキルポイント」を使って取得できる特殊能力のこと。「体力アップ」などの常時効果がある「パッシブスキル」と、「相手にダメージを与える」などの任意に発動させる「アクティブスキル」がある。

ドラゴンズクロンヌに用意されているクラスは全部で九つだが、同じクラスであっても選ぶスキル次第で全く違う特性をもつキャラクターに成長させることが可能だった。

それを可能にしたのが、スキル構成《ビルド》だ。

プレイヤーの上限レベルが百に設定されているため、スキルポイントは最大で百ポイントになるが、各クラスに用意されているスキルの数は百をゆうに超えている。

つまり、プレイヤーはすべてのスキルを取得することができず、各々ポイント内で独自のスキルを構成する必要がある。

例えば、エドガーのクラス「侍」であれば、アクティブスキルだけでも【上段構え】【中段構え】【下段構え】【居合】と四系統のスキルツリーが存在している。

各ツリーごとに得意とする間合いや戦術が存在し、自分のプレイスタイルに合わせて各ツリーを成長させていくことが、ドラゴンズクロンヌの基本であった。

「熟練者でいらっしゃるエドガー様にはご説明する必要がないと思いますが、今のうちからどのようなスキルビルドにするかお決めになられた方が」

「ん～、そうだな。でもまあ、このキャラを育てるつもりはないから、適当に決めるよ」

「……そうなのですか？」

ソーニャが眉根を寄せる。

「残念です。サブキャラクターであれば、やっとエドガー様に同行できると思ったのですが」

「……う」

エドガーは得体のしれない罪悪感に支配されてしまった。

サポートＮＰＣは、プレイヤーと一緒にフィールドに同行することができる。

だが、ソーニャが今までアランに同行したことは一度もなかった。

アランがソロプレイに特化し、向かうところ敵なしのプレイヤーになってしまったからだ。

そして、その罪悪感から逃げることは、エドガーにはできなかった。

「……問題が解決したら、サブキャラでソーニャと狩りに行くのも悪くないか」

「本当ですか？」

「あ、ああ」

「嬉しい」

ソーニャの表情が一瞬で晴れ渡る。

めったに感情を表に出すことがなく、表情の変化に乏《とぼ》しいソーニャが時折見せる笑顔に、エドガーはいつも心がざわついてしまう。

そして、その笑顔を見る度、彼女がプログラムであることを忘れてしまう。

サポートＮＰＣは性別はもちろん、人型や獣型など様々なカスタマイズをすることが可能なのだが、そんなサポートＮＰＣに本気で恋をしてしまうプレイヤーも少なくない。

従順で、常に傍《そば》に立ち、何かと助けてくれるサポートNPCに恋をしてしまう気持ちは、エドガーにも痛いほどわかる。

「……じゃあ、アランでログインしなおす」

「はい、畏《かしこ》まりました」

ぺこりと頭《こうべ》を垂れるソーニャを横目に、小さく咳払《せきばら》いを挟み、エドガーは心を落ち着かせる。

視界に映る現在時刻は、すずと約束した時間に近づいている。

エドガーはメニューからログアウトを選択し、ソーニャの「行ってらっしゃいませ」の言葉に見送られながら一旦《いったん》ホームハウスを後にした。

＊＊＊

すずたちとの待ち合わせ場所は、クレッシェンドの中心にある、翼の生えた竜と剣が描かれた看板を掲《かか》げているハンターズギルドの前だった。

ハンターズギルドとは、様々なクエストを受けることができる場所で、グランドミッションもここで受けられる。

利便性が良いということもあるが、ハンターズギルドの建物は街で一番大きく、ランドマークに使えるため、待ち合わせ場所にするにはベストだった。

「おーい、江戸川」

グランドミッションに参加するために集まったプレイヤーたちでごった返しているハンターズギルド前。プレイヤーたちをかき分け、エドガーの前に現れたのは、現実世界の安藤とそっくりな坊主頭の「アンドウ」と、これまた現実世界の山吹にそっくりなロン毛の「ヤマブキ」だった。

「すぐお前だとわかったぜ。待たせちまったか？」

「……いや大丈夫」

申し訳なさそうに肩をすくめるヤマブキに、エドガーはぽつりと返す。

待ち合わせ時間は十八時という話だったが、既に三十分以上過ぎている。

開始前から不穏だ。

「いやー！　あんがとね、江戸川！」

と、不安に苛《さいな》まれていたエドガーの前に、ひとりの女性——「メグ」が現れた。

褐色《かっしょく》の肌をした小柄なエルフだ。肌の露出が多い、レザーのショートパンツに、へそ出しのショートタンクトップ。このちゃきちゃきっぷりは、多分すずの友達である、佐々木恵《めぐみ》だろう。

褐色《かっしょく》で小柄なエルフをアバターに設定するなんて、なんと素晴らしいセンス。

姿から察するに、クラスは「盗賊《シーフ》」だろうか。

「アンドウとヤマブキがメンバー探す約束忘れてたってすずから聞いてさ、グランドミッション受けられないじゃんって怒りマックスだったんだけど！　ほんと助かった」

「だけど」の部分を強調しながら、後ろのアンドウとヤマブキを睨《にら》みつけるメグ。

つきつけられたその視線に身をすくめるふたりの姿を見て、エドガーは直感した。

ここまで遅刻してしまったのは、メグにたっぷりと絞《しぼ》られていたからだろう。

「本当にありがとう、江戸川くん……って、この世界では……エドガーくん？」

そして、眩《まぶ》しい笑顔をこぼしたのは、メグの隣に立っていたすずだった。

現実世界の彼女をそのままコピーしたかのような顔立ちに、純白のローブを着た姿は、とても神々《こうごう》しい。

名前も「すず」。クラスは「聖職者《クレリック》」。

仲間をサポートする回復役《ヒーラー》なんて、なんとも彼女らしいチョイスだ。

「エドガーって、エドガワだから、エドガー？」

「そうだけど」

「捻《ひね》りがねえな。つっても、俺たちはまんまの名前だけどさ」

人のこと言えねえな、とアンドウとヤマブキが笑う。

重厚な鎧を身につけているチャラいヤマブキがクラス「騎士《ナイト》」で、片手剣を持った高校球児みたいな坊主頭のアンドウがクラス「戦士《ファイター》」だ。

ふたりとも現実世界から簡単に連想できる、いかにもなチョイスだ。

「ふーん、江戸川……じゃなかった、エドガーはクラス『侍』、か。なかなかシブいクラスを選んだね。あ、ひょっとして、アランのマネ？」

「いや、そういうわけじゃない」

嬉しそうにメグがはしゃいだ。マネというより、本人なのだが、とは口が裂けても言えない。

「あれ？　でも、まだレベル一？　エドガーってプレイしてたんだよね？　ドラゴンズクロンヌ」

違ったっけ？　と、すずの顔を見やるメグ。

「教室で話してたときはもうプレイしてた風だったけど、だったらレベル一って変だよな？」

「あ、エドガーくん、それってもしかして……サブキャラとか？」

「えー……あー……っと」

メグに続いてアンドウとすずに質問攻めに遭《あ》ったエドガーは、現実世界と同じようにどもってしまった。

根本的かつ単純な部分を考えていなかった。レベルをあわせるためにサブキャラで来たって言えば納得してもらえそうだけど、アンドウとヤマブキに「メインを見せて欲しい」と追撃される可能性がある。

「じ、実は俺、再開組なんだ」

「……え、マジで？」

「引退したんだけど、兄貴に誘われて」

目を丸くするメグに、エドガーは冷静を装《よそお》った笑顔を返す。

再開組とは文字どおり、一度ゲームをやめてしまったが何らかの理由で再び遊びはじめたプレイヤーのことを指す。

エドガーは咄嗟《とっさ》に出した言い訳に自画自賛したくなった。

再開組だと信じさせることで、知識があったとしても怪しまれることはないし、プレイに手を抜く必要もなくなる。グランドミッションだけの付き合いだとしても、余計な部分に気を使わなくて良くなるのは凄《すご》くいい。

「エドガーくん、お兄さんと一緒にプレイしてるんだ？」

「あんまり一緒にやってないけどね」

「つか、家にUnChainが二台あるってすげえな」

お前、もしかして金持ちなのか、と続けるアンドウに、エドガーは苦笑いを返した。

これまでにない市場を開拓することになるUnChainは、最新の技術を詰め込んでいるわりに、新規ユーザーを獲得するために低めの価格設定になっているものの、高校生の小遣いで買えるものではない。

兄弟に一台ずつUnChainが与えられる家庭というのは非常に珍しかった。

「でも、アタシらがメンバー探しているときに再開するなんて、タイミングがバッチリだね。ナイス兄貴」

「そうだメグ。グランドミッションクリアしたら、エドガーくんのレベル上げ手伝ってあげようよ」

「ん、そうだねえ。今回助けてくれるわけだし、手伝ってやっても良いかな」

小さく柏手《かしわで》を打つすずに、メグは含みのある視線をエドガーに向ける。

エドガーは軽い葛藤《かっとう》に苛《さいな》まれてしまった。

このキャラを育てるつもりはない。グランドミッションを手伝うために即席で作ったキャラクターであり、ミッションが終わり、ソーニャと軽くぶらついた後で削除するつもりだからだ。

しかし、なぜかメグたちにレベル上げを手伝うと言われて悪い気はしなかった。

人とのつながりは足かせになるだけだ、と自分に言い聞かせるも、彼女たちに「必要ない」と言い放つことができない。

「一日もあれば追いつくと思うんだ。そしたら、皆で色んなところに行けるようになるし」

「パーティは五人までだから、ちょうど良いっちゃ、ちょうど良いな」

返事を渋《しぶ》っているエドガーの背中を押す、すずとアンドウ。

エドガーは盛り上がってしまったこの場の空気に逆らうことができなかった。

「……わかったよ。お願いする」

渋々《しぶしぶ》という言葉がぴったりな、苦虫を噛《か》み潰《つぶ》したような表情で返したエドガー。

「お前さ、どうでも良いけどこっちの世界でも暗い感じなのな。もっと『サンキュー！』みたいな返事はできないわけ？」

かわいそうな奴、と言いたげに肩を落とすアンドウに、エドガーは心の中で「ほっとけ」と返す。

アンドウのように、考える前に行動する性格だったら人生どんなに楽か。一瞬そんな風に考えてしまったが、それはそれでトラブルが多そうなのに気がつき、その考えをそっと心の中にしまい込んだ。

「あのさ。とりあえずグランドミッションに参加登録しねえ？　クエストクリアまでどれだけ時間かかるかわかんねえし」

そう切り出したのはヤマブキだ。

「うん、そうだね。うひゃぁ～超楽しみ！」

メグが小さく跳《は》ね、全身で喜びを表現する。彼女だけではなく、ヤマブキにアンドウ、そしてすずも、まるでおもちゃを見つけた子供のように目を爛々《らんらん》と輝かせている。

その姿は、単純にこのゲームが好きで、素直に楽しんでいるとしか見えない。

エドガーはどこか拍子《ひょうし》抜けしてしまった。

クラスメイトという共通点を持つ仲間たちと、現実世界の延長線上であるこの仮想現実世界で遊ぶ。彼らにとって、それ以外のことは関係ないのかもしれない。

これまで心配していたことは、すべて杞憂《きゆう》だったのか。

自分がアランだということを話しても問題ないのではないか、と一瞬考えてしまったエドガー。だがすぐに、「お前は馬鹿か」と自嘲《じちょう》してやった。まるで彼らとのプレイを望んでいるような考えに嫌気が差してしまったからだ。

「行こう？　エドガーくん」

「……え？」

エドガーの意識を戻したのは、優しいすずの声だった。

目の前にいるのは、きょとんとした表情のすずだけ。

メグとアンドウ、そしてヤマブキは、すでにハンターズギルドの中に入ってしまったらしい。

「あ、ああ、行こうか」

エドガーは慌《あわ》てて気の抜けた声でそう返すと、すずとともにギルドの扉を開いた。

＊＊＊

初めてハンターズギルドに訪れたプレイヤーは必ず「間違って酒場に来てしまったのか」と慌《あわ》ててしまう。遠い昔、エドガー自身もそうだった。

その理由は簡単で、訪問者を最初に迎えるのが、なみなみと酒が注がれたジョッキを片手に談笑しているプレイヤーたちだからだ。

仮想現実世界でアルコールをいくら飲んでも、現実世界のリクライニングチェアの上で横になっている「本体」が酔っ払うことはない。

ドラゴンズクロンヌの世界のアルコールは、様々なステータスアップの効果がある、戦闘前の必需品であった。

「よく来たな！　駆け出しの狩竜徒《ドラゴンハンター》たちよ！」

プレイヤーたちでごった返しているハンターズギルドの最奥。大きなカウンター越しに、銀のプレートメイルを着た角刈りの男が、アンドウに威勢よく言い放った。

「まだ『おまる』を卒業してないお前たちにうってつけの依頼が来たぞ！　腐《くさ》れオークどもの撃退だ！　どうだ腕がなるだろう!?」

「あー……これってさ、付き合ってやらないとダメなのかな」

「多分な」

やけにテンションが高いプレートメイルの男に、アンドウとヤマブキは辟易《へきえき》した表情を浮かべる。

ふたりとも、この角刈りの男のような「役を演じる」プレイスタイルが苦手だった。

現実世界をシミュレートするＶＲＭＭＯゲームでは、役を演じながらプレイする「ロールプレイ」が楽しみ方のひとつとして確立されていた。

この世界に入れば、誰もが物語の主人公になれるからだ。

だが一方で、純粋にゲームとして楽しむプレイヤーも少なくない。

アンドウとヤマブキはその「純粋にゲームだけを楽しむ」部類に属していた。

「……ま、任せろ～……」

ぎこちなく役を演じるアンドウの姿に、角刈りの男は空気が破裂したかと思うほど、豪快に笑い出した。

「ガハハ、いい返事だアンドウ！　お前たちに依頼したいのは、東のミストウィッチ監視所を襲撃しているオークの撃退だ。すぐに向かって奴らを殲滅《せんめつ》してほしい！」

どうやらそれが、今回のグランドミッションのストーリーらしい。

ドラゴンズクロンヌには、アランが倒した覇竜《はりゅう》ドレイクのようなドラゴン種以外にも数多くのＭｏｂが存在している。

その中でも比較的低レベルで対峙することになるのが、オーク種と言われるＭｏｂだった。

オークは、鬼のような恐ろしい顔立ちをしていて、体はプレイヤーの一回りは大きく、分厚い筋肉に覆われた人型のＭｏｂだ。

知能が低いため魔術を使うことはないが、単発火力が高い両手武器を操り、数匹固まって襲われると手が付けられなくなってしまう初心者の天敵だった。

「オークが集団で来るって、ちょっと怖いなあ。めちゃくちゃヤバイ顔してるよね、あいつら」

カウンターから離れた小さなテーブル。遠く離れていても聞こえてくる角刈りの男の声に、不安げな表情を浮かべたのはメグだ。

「ん〜、確かに怖いけど……パーティで挑むから大丈夫だよ、メグ」

そう言ってすずは笑顔を覗《のぞ》かせ、手に持ったジョッキを軽く合わせた。

彼女たちの手に握られたジョッキには、俊敏性《しゅんびんせい》のステータスアップ効果がある、「はちみつ酒」と、魔術を発動させるために必要な魔力値をアップさせる「ピルスナー」が並々と注がれている。

「あ、メグ、作戦なんだけどさ、ヤマブキくんとアンドウくんが敵を引きつけて、エドガーくんとメグが処理していく感じでいい？」

「そうだね。すずは回復に集中する？」

「うん、任せて」

それが仕事だから、とジョッキに口をつけながらすずは続ける。

その会話を傍《かたわ》らで聞いていたエドガーは、彼女たちに助言すべきか悩んでいた。このパーティのリーダーはエドガーではないし、すずたちは効率を重視しているわけではなかったからだ。

偉そうにあれこれと口を出せば、空気が悪くなってしまう。

最悪、口を出すとすれば、パーティがピンチになったときだろう。

「エドガーくん、そんな感じで大丈夫かな？」

「え？　あ……うん」

不意にすずから話しかけられたエドガーが、慌《あわ》てて返事をする。

「あ～、もしかしてエドガーもオークにビビってんのかあ？」

メグが仲間を見つけた、と言いたげな口調で嬉しそうに囁《ささや》いた。

「……まあ、オークは夢に出そうなくらい怖い顔しているからな。メグさんの気持ち、わからなくもないけど」

「やばくなったら助けろよ、エドガー」

「え？」

メグの口から放たれた意外な言葉に、エドガーは目を丸くしてしまった。

「『え？』じゃねえよ！　メインのアタッカーはアタシとアンタだろ！　アタシを見捨てて先に逃げたら後でヤバイからな！」

「……ッ！」

言葉を失ってしまったのは、メグが口調を荒《あら》らげながらも懇願《こんがん》するように瞳を潤《うる》ませていたからだ。

エドガーは、その言葉にどう返していいかわからなかった。

ただひとつわかったのは、ピンチのときはメグを真っ先に助ける必要があるということ。

今後、平穏な高校生活を続けていくためにも、絶対に。

「わかったよ、絶対見捨てない。メグさんが怒ったらオークよりも怖そうだし」

「ッ⁉　冷静に失礼なこと言うな！　アンタってそんなキャラだったのかよ！」

「ぷっ、あはは」

すずの軽い笑い声がメグの怒号に混ざり、やがて喧騒《けんそう》に包まれているハンターズギルドの中に溶け込んでいく。

両手で口元を隠し、くすぐったそうに肩をすくめるすず。

エドガーはその姿に思わず見惚《みと》れてしまった。

そして、彼女の笑顔を見れただけでも誘いに乗って良かったと思ってしまった。

「おーい、参加手続き終わったぞ」

「お！　よっしゃ！」

アンドウの声が届くと同時に、メグが気合の声を上げる。

念のため、先ほどアランのアイテムボックスから持ってきた回復アイテムを確認するエドガー。

視界の端に「グランドミッション参加申請中」という文字が浮かんだ。

いよいよクラスメイトと挑むグランドミッションがスタートする——

エドガーは思わず身震いをしてしまった。

だが、身震いは恐怖からくるものではなく、心地いい緊張感が生む、戦闘への渇望《かつぼう》の副産物だ。

その後わずかな時間をはさみ、エドガーたちはグランドミッションのフィールドになる「ミストウィッチ監視所」に強制的にジャンプした。

＊＊＊

ミストウィッチ監視所は、クレッシェンドから東にしばらく行った場所にある廃墟の砦《とりで》だ。

ストーリー上の設定では、昔人間とオークがクレッシェンド地方で幾度となく争いを繰り返していたらしく、そのときに人の手によって作られたのがミストウィッチ砦《とりで》らしい。

そして、人間側の勝利で終わった戦いの後、ミストウィッチ砦《とりで》はオークの残党たちの動向を監視する「監視所」として使われていた。

エドガーたちが転送されたのは、そんなミストウィッチ監視所を取り囲む城壁の外側だった。

周りにいるのは、パーティメンバーであるすずたち。

そして、銀に輝く鎧を身にまとったＮＰＣ――

「よく聞け！　ミストウィッチ監視所は汚らわしいオークどもの手に落ちている！　我々はこれより四方から監視所に突入し、オークどもの手から砦《とりで》を奪い返す！」

監視所奪還部隊のリーダーらしき男が高々に言い放った。

ハンターズギルドにいた男と同じ鎧を着ていることから、ミストウィッチ地方を統治している領主直属の騎士団、といったところだろうか。

「す、凄《すご》い熱気」

「こ、こりゃあ……すげえ」

感嘆の声を上げたのは、メグとヤマブキだ。

遠くで聞こえる金属がぶつかりあう音。

魔術の炸裂《さくれつ》する地響き。

オークの唸《うな》り声。

その間を縫《ぬ》うように流れてくる、悲鳴。

これが擬似的《ぎじてき》に作られた世界だとは思えないほどの緊張と高揚感《こうようかん》が、辺りの空気を支配していた。

「うおお、高まってきたぜ！」

「ヤマブキくん、アンドウくん、作戦を忘れないでね」

「わかってるって。俺とヤマブキでターゲットを固定させて、メグさんとエドガーで仕留める、だろ」

興奮が抑えきれない様子のヤマブキとアンドウはどこか上の空だった。

ふたりの姿に不安の色を覗《のぞ》かせるすずだったが、エドガーは懐かしいものを感じてしまっていた。

エドガーも始めたばかりの頃は彼らと同じようにこの空気感に興奮していた。

それがVRゲームの醍醐味《だいごみ》であり、他のゲームや現実世界では絶対に味わえないものだからだ。

だが、その興奮も度を過ぎると命取りになることをエドガーは知っていた。

過剰な興奮は冷静な判断を鈍《にぶ》らせ、絶体絶命の状況になっていることに気づかなくさせる「毒」だ。

「すずさん、ちょっといいか？」

「え？」

キャラクターの名前だとはいえ、「すず」という名前を呼ぶことに抵抗を感じながら、エドガーはパーティの中で、この独特の空気に流されていない彼女に訊《たず》ねた。

「アンドウとヤマブキは、グランドミッション初めて？」

「多分初めてだと思う。私とメグは経験あるけど」

「そうか。だとすると彼らはヘイト管理を忘れて、突っ込んでしまう可能性がある」

ヘイトとはＭｏｂが持つ「プレイヤーに対する恨《うら》み」のことだ。

ヘイト数値が一定に達すると、Ｍｏｂはそのプレイヤーをターゲットに攻撃を仕掛けてくる。

このヘイトをコントロールするテクニックが「ヘイト管理」と呼ばれるもので、パーティプレイでは非常に重要なテクニックになる。

ヘイトを高める要因はいくつかあるが、ひとつは「手痛いダメージをＭｏｂに与えること」だ。

そして、Ｍｏｂに攻撃することを主な仕事とする「アタッカー」が複数いる場合、Ｍｏｂのターゲットがばらついてしまい、こちらの回復が間に合わなくなる場合がある。

ゆえに、ヘイト管理で最も重要なのが、ターゲットをひとりに固定させることで、そのために有効なのが一部のクラスで取得できる「ヘイトを上げるスキル」だった。騎士《ナイト》の【喊声《かんせい》】や戦士《ファイター》の【挑発《ちょうはつ》】など、ヘイトを上げることができるスキルを持つクラスはＭｏｂのターゲットを引き受ける「盾役《タンク》」と呼ばれ、パーティプレイにおいて重要な役割を担《にな》う。

「……うん、その可能性はあるかも」

「すずさんの回復魔術でヘイトが上がって、オークにターゲットされたら、俺に声かけて。できるだけヘイトをコントロールする」

ヘイトが高まる要因のひとつに「体力が減ったプレイヤーを回復させること」も挙げられる。

つまり、盾役がヘイトコントロールを怠《おこた》ってしまうと、体力が減ったプレイヤーを回復する度にMobが後衛の聖職者《クレリック》に襲いかかることになる。

それが原因で全滅してしまう事故が、初心者パーティではよく起きていた。

「……わかった。というか、エドガーくん凄《すご》く冷静だね」

「え？　そう？」

「うん。さすが再開組って感じ」

その言葉に、エドガーの心臓がどきりと跳《は》ねる。

つい口を出してしまった。

でしゃばり過ぎるなとあれほど己に言い聞かせていたのに。

「じゃあ、強化魔術、かけるね」

「お、おう」

だが、気まずそうにしているエドガーに気がつくことなく、すずは杖《つえ》を取り出すと、パーティ全体の防御力を強化させる【スクタムⅠ】を発動させた。

いくつもの光の円がパーティメンバーの周囲を駆け巡り、ふわりと身体が輝く。

「ありがとう」
「よろしくね、エドガーくん」
フードの陰からすずの笑みがこぼれる。
と、奪還部隊のリーダーらしきNPCが剣を掲《かか》げた。
同時に、周囲のNPCたちが鼓舞《こぶ》するように剣で盾を打ちはじめる。
凄《すさ》まじい熱気。
高揚感《こうようかん》をさらにかきたてる、打撃音。
NPCたちの雄叫《おたけ》びがエドガーたちの聴覚を麻痺《まひ》させる。
そして、輝く一筋の光。
それは、開かれたミストウィッチ監視所の扉から漏れ出た光。
——グランドミッションのスタートを告げる合図だ。

＊＊＊

監視所の中につながる城壁の扉が放たれた瞬間、まるで耳の中に詰まっていた異物が取り除かれたように、激しい戦闘音がエドガーたちの鼓膜《こまく》を揺らした。

グランドミッションのフィールドとなるミストウィッチ監視所は、闘技場のようなシンプルなフィールドだった。

中央にそびえ立つ監視塔の周りにはいくつか建物が見えるものの、その他には特に遮蔽物《しゃへいぶつ》はない。あるのは、おぞましい数のオークの姿と、剣を交える奪還部隊のNPC兵士たち。

「ヤマブキッ！　中央の監視塔を目指すぜっ！」

「おうよ！」

NPCたちが怒涛《どとう》のごとく監視塔へ突貫していく中——彼らとともに飛び込んでいったのは、あろうことか、パーティの要《かなめ》である盾役のアンドウとヤマブキだった。

「ちょっ、ちょっと！　アンドウ！　ヤマブキ！」

「メグさんたちも早く！」

後続のパーティメンバーを気にする様子もなく駆け出したふたりを止めようとメグが声をかけるが、その声は彼らの姿とともに喧騒《けんそう》の中へと消えていく。

「嘘だろ……」

アンドウとヤマブキが消えていったNPCの波を見つめながら、エドガーは「やってくれる」と呆《あき》れてしまった。

まさかクエストが始まって早々に、盾役のふたりが他のパーティメンバーを残していきなり突っ走るとは、予想以上の展開だ。

「なっ、何なのよあいつら！　マジで馬鹿でしょ!?　信じらンない!!　作戦全ッ然理解してないじゃん！」

「ちょっとまずいね」

冷静だったすずの表情にも、さすがに焦《あせ》りが見える。

グランドミッションは、比較的参加条件が緩《ゆる》いイベントなのだが、死亡に対するペナルティは通常時となんら変わりない。

ドラゴンズクロンヌでは、死亡に対するペナルティが存在している。

そのペナルティが、所持アイテムの消失だ。

従来のＲＰＧとは違い、ドラゴンズクロンヌでは倒したＭｏｂがドロップするオブジェクト化されたアイテムやお金を、自らのアイテムインベントリ内に入れなければ、プレイヤーが入手したことにはならない。

しかも、たとえアイテムインベントリに入っていたとしても、自分が死亡してしまった場合は、すべてがオブジェクトに戻り、死亡した地点に落ちてしまうのだ。

インベントリにある間は誰かに奪われることはないが、一度オブジェクト化してしまったアイテムはプレイヤーに限らず、Ｍｏｂですら回収することが可能になる。

突っ込んでいったアンドウとヤマブキは自業自得だ。だが、彼らのせいですずとメグが死亡し、アイテムのすべてが失われてしまうのはいたたまれない。

「メグさん、すずさん、作戦を変更しよう」

雪崩《なだれ》のごとく走り抜けていくＮＰＣたちの中、足を留めたエドガーが残るふたりを制止させた。

「は!?　なに悠長なこと言ってんのよエドガー！　あのアホたち、早く追いかけないと！」

「このまま何も考えずに追いかけるのは良くない。俺たちだけでも冷静に行動しないと」

一番まずいのは、このNPCたちの流れに乗ってばらばらにアンドウたちを追いかけることだ。ただでさえ面倒くさいオークがさらに数の暴力を武器に襲いかかってくる。四方を囲まれてしまったら、エドガーはともかく、すずたちが死亡してしまう可能性は高い。

「メグ、とりあえず落ち着こう。エドガーくんが言うとおり冷静に、ね」

メグの手を取り、彼女の気を落ち着かせるすず。

VRMMOの戦闘は、従来のゲームのようなテレビ画面の中で行われている「非現実的」なものではなく、五感すべてでその興奮と恐怖を感じることができる「現実的」なものだ。

ステータスには決して表示されない、アンドウたちが取りつかれてしまった「興奮」があり、メグのような「怒り」があり、すずのように触れ合うことで「冷静さ」を取り戻させることができる。

「それでエドガーくん、作戦の変更って？」

あいつら後で覚えてろよ、と恐ろしげな言葉を漏らすメグをなだめつつ、すずが訊《たず》ねた。

「中央の監視塔にいるグランドミッションのボス『オークキング』を狙うのは、ひとまず諦《あきら》める。最優先すべきは、アンドウとヤマブキとの合流だ」

「だったらさっさと——」

「それが危険なんだ、メグさん。怒りにまかせて突っ込めば、オークのパーティに囲まれて一巻の終わりだ。周囲の安全を確認しつつ、彼らの後を追う必要がある。ただ、メグさんの言うとおり、チンタラしている時間はない」

そう言ってエドガーは、アイテムインベントリからひとつのアイテムを取り出した。

「……何これ？」

「ただの回復薬だ」

それは事前に準備していた、アイテムインベントリの三分の二を埋めている回復薬だった。

「回復薬？　こんなもの準備してたわけ？　すずがいるのに？」

「盾役がいなくなった以上、回復魔術を使うのは危険だ。もしダメージを受けた場合、メグさんはこの回復薬を使うこと。すずさんはアンドウたちと合流するまで、弱体化魔術に注力してほしい」

「うん、わかった」

「それと、合流するまであまり戦闘はしない方が良い。できるだけ逃げることに注力する。他のパーティに遅れをとってしまうが、仕方がない」

出だしから躓《つまず》いてしまった以上、グランドミッションの報酬《ほうしゅう》は諦《あきら》めた方がいい。

エドガーは思わず顔を顰《しか》めてしまう。

パーティは本当に面倒だ。死なずにグランドミッションを終了させることが目的になるなんて。

「ていうかさ、エドガーって意外と頼りになる奴だったんだな」

「……うん、失礼だけど、ちょっとびっくり」

ぽつりと呟《つぶや》くメグとすず。

褒《ほ》められているようで、どこか馬鹿にされている気もしたエドガーは、どんな表情を返せばいいかわからず、とりあえず気まずそうに鼻の頭をかいてみせた。

そして、気を取り直すようにメグに半分の回復薬を渡すと、侍の初期装備である武器「打刀」を抜く。音もなく鞘《さや》から解き放たれた刀の刃紋《はもん》が力強く輝いた。

「……よ、よし、行こう」

「あいよ！」

「はい！」

同時に、メグが両手に小ぶりなダガーを、すずが杖《つえ》を構える。

完全なビハインド状態。

エドガーたちのグランドミッションは波乱のスタートとなった。

＊＊＊

終了まで生き残れるかそのものを危惧《きぐ》していたエドガーだったが、このグランドミッションは低レベルプレイヤー向けのイベントであることが、彼らに味方した。

スタートとなる四カ所の入り口付近のオークは、パーティを組まずに単独で配置されていたのだ。

「うしっ！」

メグが手のひらでくるくるとダガーを躍《おど》らせながら、襲いかかってきたオークが沈黙したことを確かめる。

エドガーたちが倒したオークはこれで四匹目。

すずは回復魔術を使うことなく、敵を弱体化させることに集中している。

ここまでは順調といったところだ。

推測するに、パーティを組んだオークたちが現れるのは、ボスＭｏｂがいる中央の監視塔付近からだろう。

「すずさん、そろそろ弱体化魔術もやめて、もしものときのためにスタミナ温存を」

もしものときというのは、先に行ったアンドウとヤマブキに合流したときの「もしも」のことだ。

メグが回復薬を軽んじたように、アンドウとヤマブキも、パーティに回復職であるすずがいるため、回復薬を準備していない可能性が高い。

となると、想定されるのは体力が尽きかけた彼らと合流というシチュエーションだ。もしそうなれば、ヘイト管理云々《うんぬん》の前に彼らの体力回復を優先しなければならない。

盾役が死んでしまえば、すずたちが生き残れる確率は限りなくゼロに近くなるからだ。

「次来たよ！　エドガーッ！」

すずの返事を待たず、前方に巨大な斧を構えたオークが姿を見せる。

エドガーは即座に刀の切っ先をオークへと向けた。

柄《つか》を握ったまま、一歩前へ。

オークとの距離は数メートル。歩数にして四歩ほど。この間合は斧の間合いだ。

左足で地面を蹴《け》る。

ステータスが低いためか、身体の動きが鈍《にぶ》い。だが問題はない。

瞬間、地面を滑《すべ》るようにエドガーがオークの懐《ふところ》へと飛び込んだ。

侍の【下段構え】ツリーで最初に覚える移動系スキル【地走り】だ。

「エドガーくん！」

「大丈夫」

背後からすずの声が聞こえた。

同時に振り下ろされるオークの斧。

一瞬踏み込んでスピードを殺し、オークの斧に体重が乗るタイミングをずらしたエドガーは刀を上段に構え、その斬撃をいなす。

巨大な斧と刀がかち合った瞬間、けたたましい金属音がはねる。

ズシンと揺れる大地。

地面に突き刺さった巨大な斧がエドガーの目に映る。ダメージはない。即座に刀を返す。

がら空きになっているオークの脇腹から背中に向け、斬り上げた。

派手に飛び散る血飛沫《ちしぶき》のエフェクト――

「メグさん！　とどめを！」

「……お、おうっ！」

エドガーの動きに一瞬あっけにとられていたメグが駆け出す。

メグのクラス「盗賊《シーフ》」は、腕力や生命力ステータスが低いものの、攻撃の命中率や回避率、移動系のスキルに影響する俊敏性《しゅんびんせい》ステータスが高い。

他のクラスとくらべて攻撃命中率が高い盗賊《シーフ》は、Ｍｏｂのトドメを担《にな》うことが多かった。

「やあっ‼」

メグが、先ほどのエドガーが発動したスキル【地走り】に似た高速移動スキル【ウィンドウォーカー】を発動させ、オークとの間合いを一気に詰める。

エドガーの横をすりぬけ、地面に振り下ろした斧の柄《え》を踏みしめる。

オークは反応できていない。

一気に跳躍《ちょうやく》――

くるりと身を翻《ひるがえ》し、オークの背中側へと舞う。

同時に、両手のダガーがオークに触れた瞬間、派手なエフェクトが散る。

素早い二回攻撃を繰り出すスキル【二連瞬撃】だ。

両手にダガーを装備しているため、合計四回の斬撃がオークを襲った。

「うわっと……！」

オークの巨体がぐらりと揺れ、仰向けに崩れ落ちる。オークの背後に着地したメグは、危なく下敷きになりかけ、慌《あわ》ててエドガーの傍《そば》へと滑《すべ》りこんだ。

「良い攻撃だ」

「フィ～！　そっちこそグッジョブだよ、エドガー！　……てか、グッジョブどころかマジ凄《すご》くない？　なんであんな動きができるわけ？」

「いや、たまたま上手くいっただけだ」

妙な勘《かん》ぐりをされないように、謙遜《けんそん》するエドガー。

再開組という話を信じてくれてるにしても、あまり派手な立ち回りは良くない。

目立たないようにするために多少苦戦すべきだとも考えたが、トッププレイヤーとしてのプライドがどうしても許さなかった。

「メグ！　エドガーくん！」

ふたりの耳にすずの慌《あわ》てた声が届いた。

「あそこ、アンドウくんたちが！」

「え!?　マジ!?　どこよ!?」

疾風《しっぷう》のごとく反応したのは、口調に怒りを滲《にじ》ませている、メグだった。

見つけたらすぐにたたき斬ると言いたげなメグの殺気に、彼女を先行させるわけにはいかない、とエドガーは自身を戒《いまし》める。

このまま突っ込ませたら、メグがアンドウたちにトドメを刺しかねない。

「あそこ！　オークの向こう！」

「……いた」

メグよりも先に発見できたのは幸運だった。

位置的には、入り口と中央の監視塔の中間あたりだろうか。

オークに囲まれているロン毛と坊主頭のプレイヤーの姿が見える。

エドガーは即座に地面を蹴った。

「メグさん、あれからやる。俺のターゲットを優先して攻撃して」

「えっ、あれってどれ⁉　ちょ、ちょっと、待ってよ！」

「メグ、早く！」

いまだにアンドウたちを発見できていないメグよりも先に、すずがエドガーの後を追う。

「すずさん、回復魔術の準備を」

「はい！」

囲まれていることから想定するに、アンドウたちは瀕死《ひんし》の可能性が高い。彼らを回復させることで、オークのターゲットはすずに移動してしまうだろう。

だが、構わない。すずには指一本触れさせない。襲いかかるオークはすべて処理する。

行く手を邪魔するオークの攻撃を躱《かわ》し、アンドウたちを取り囲むオークの群れに飛び込むエドガー。だが、そこで待っていたのは予想外の状況だった――

＊＊＊

グランドミッションは、ひとつのフィールドを舞台に、四組のパーティがいかに多くのＭｏｂを倒し、ボスＭｏｂに多くのダメージを与え、速くクリアできるかという、言わば「点数」と「タイム」を競うクエストだ。

注意すべきは、パーティメンバーの残り体力と、Ｍｏｂに囲まれないようにするための位置取りなのだが、もうひとつ注意しなければならないものがあった。

それが、参加している他パーティの動向だ。

ドラゴンズクロンヌでは、フィールドやダンジョンなどＭｏｂが配置されている場所では他プレイヤーに対する戦闘行為、いわゆる「ＰｖＰ（Player versus Player）」が可能になっている。

Ｍｏｂとの戦闘中に他プレイヤーから横槍《よこやり》を入れられる可能性があるという緊張感がドラゴンズクロンヌの魅力であり、アランのようなソロプレイヤーが極端に少ない理由のひとつでもあった。

グランドミッションのフィールドも例外ではなかった。だが、ミッション中にＰｖＰを仕掛けるプレイヤーは少ない。

理由は単純で、ＰｖＰを仕掛ければ自身と相手のパーティがその間Ｍｏｂを狩ることができなくなり、結果、ＰｖＰを仕掛けた方も仕掛けられた方も共倒れすることになるからだ。

ゆえに、グランドミッション中のＰｖＰ行為はデメリット以外何ももたらさないというのが一般的な認識だった。ただひとつ、例外を除いて——

「エ、エドガー！」

「たっ、助けてッ！」

アンドウとヤマブキの悲鳴が、エドガーの耳に飛び込む。

エドガーの予想どおり、ふたりの体力はほとんどが失われ、瀕死《ひんし》の状態。

だが、彼らが対峙している相手は、エドガーの予想どおりではなかった。

彼らが対峙していた相手は、恐ろしげなオークではなく、ふたりのプレイヤーだった。

「……お仲間さんかな？」

「はっ、ずいぶん遅い登場だな」

ヤマブキの身体を押さえつけている黒い道着をまとった浅黒いプレイヤーと、アンドウに巨大な剣の切っ先を向けている隻眼《せきがん》のプレイヤーが嘲笑《ちょうしょう》した。

道着の方はアタッカーであるクラス「格闘士《モンク》」で、片目の方はアンドウと同じ戦士《ファイター》。

回復職がいない超攻撃型構成だが、彼らだけでグランドミッションに参加したわけではないだろう。残り三人の姿がないが、同じようにはぐれたのだろうか。

それにしても、とエドガーは訝《いぶか》しむ。

なぜアンドウたちはオークではなく、プレイヤーと対峙しているのだろうか。

オークにやられているのであれば、いくらか納得が行くが、この状況は——

「エドガー！　速いっつの！　見捨てンなって言っただろ……ってなにこれ⁉」

「……ッ！　アンドウくん⁉　ヤマブキくん⁉」

「おおっと、そのまま動くんじゃねえぞ」

アンドウに剣を向けている隻眼《せきがん》の戦士《ファイター》が笑みを浮かべつつ、まるで彼を人質に取ったかのように警告する。

「なっ、何してんのよ、アンタら！」

「見てわかンねえ？　あんたたちの仲間に剣を向けてンだけど？」

ニヤけながらメグに吐《は》き捨てる戦士《ファイター》。

エドガーは次第に状況を理解しつつあった。

よくよく見ると、周囲のオークはすべて倒されている。

つまり、こいつらの目的はオークではなく、アンドウとヤマブキ。そしてふたりを助けに現れるパーティメンバー。

これはつまり――

「貴方《あなた》たち……まさかプレイヤー《P》キラー《K》？」

ぽつりとすずの声が辺りに広がる。

ＰＫとは、故意にプレイヤーに対して攻撃を加える者のことを指す。

ＰｖＰとＰＫの違いは、前者は双方の合意によって行われる戦闘で、後者は合意がなされていない場合――主に悪意がある戦闘行為である場合が多い。

「さあ？　どうだろう」

「……グランドミッションでＰｖＰやＰＫはメリットがないはずなのに、あえてそれをやる理由って、私が知っているうちで一つしかないんですが」

「へえ、君、可愛《かわい》いだけじゃなくて博識なんだな」

ニヤニヤと嫌な笑みを浮かべる浅黒い格闘士《モンク》。

だが、一瞬顔を顰《しか》めながらも、すずは臆《おく》することなく毅然《きぜん》と言い放った。

「『談合』は規約で禁止されている行為ですよ」

「ハッ！」

すずの言葉に、ふたりのプレイヤーは人を食ったように笑う。

談合とは、アビューズ行為とも呼ばれる不正行為の一種で、簡単にいえば八百長のことを指す。

それは、グランドミッションの競争相手は、申し込みの順番が近いパーティの中から抽選で選ばれるという特性を利用し、行われる行為だった。

仕組みは簡単で、あらかじめフレンド同士でパーティを二つ組み、同じ専用フィールドに入ることができた場合に、片方がフレンド以外のパーティへPK行為を仕掛け妨害《ぼうがい》するのだ。

そして、残ったパーティがゆっくりボスMobを仕留め、一位を作為的に取る――

だがこの談合は、グランドミッションの参加意義が低下することにつながるため、すぐに禁止行為として規約に追加されたはずだった。

「俺たちが談合？　あんた喧嘩《けんか》売ってンのか？　証拠がどこにあンだ？」

「利益がないPK行為をグランドミッションでやっていることが証拠です。もし違うのであればふたりを離してください。談合じゃないのであればできますよね」

毅然《きぜん》とした態度を崩さないすずに、ふたりの空気が尖《とが》る。

「初心者が、偉そうに警官ごっこか？」

ぎらりと睨《にら》みつける格闘士《モンク》の威圧感に、すずとメグは思わずびくりと身をすくめてしまう。

この格闘士《モンク》と戦士《ファイター》は、レベル的にはすずたちと同じだが、明らかに熟練者の空気を放っている。

多分、談合がバレてもいいように捨てアカウントでキャラクターを作っているのだろう。

「気分悪ィな。言いがかりはどんだけ失礼なことなのか、あんたたちにきっちり『教育』したくなってきた」

「ああ、同感だ」

ふたりのプレイヤーがゆらりと立ち上がり、牙を剥《む》く。

その威圧感に、すずとメグは思わずあとずさりしてしまう。

アクション要素が高いドラゴンズクロンヌのＰｖＰで重要な要素のひとつは、ステータス数値では表せない「知識」と「テクニック」だ。

そして、テクニックによほどの自信があるのか、ふたりはすでに勝利を確信したような相手を卑《ひ》下《げ》する笑みを浮かべている。

だが——テクニックに絶対的自信があるのは、彼らだけではなかった。

「なら、やろうか？」

「……あ？」

するりと飛び込むようにふたりの前に立ちはだかったのは、エドガーだった。

「エ、エドガーくん!?」

「お、おい、エドガー！　ヤバイよ！」

青ざめるすずとメグ。

「……ぷっ、やろうって、アンタが？　何？　そのレベルで？」

「やめとけ。女の前でカッコつけたいのはわかるが、空気読んだほうが良いと思うぜ？　初心者」

ふたりはエドガーのステータスを見て、嘲笑《あざわら》う。

エドガーのレベルは三。格闘士《モンク》や戦士《ファイター》のレベルの半分にも到達していない。

普通であれば、歯がたたない相手。だが、エドガーが浮かべているのは、恐怖で引きつった哀れな表情ではなく、自信に満ちた余裕の笑みだった。

「なんだ？　息巻いておきながらビビってるのか？」

「……なッ!?」

エドガーが、現実世界では想像できない挑発《ちょうはつ》的な言葉を放った。

その言葉にすずたちが驚いたのは言うまでもないが、空気が一変したのは、格闘士《モンク》と戦士《ファイター》のふたりだった。

「おもしれえじゃねえか。吠《ほ》え面《づら》かくなよ初心者」

人の顔とはここまで恐ろしくなるものかと思ってしまうほどの歪《いびつ》な笑みを浮かべる格闘士《モンク》の男。

「エドガー、アタシたちも一緒に」

「大丈夫。メグさんとすずさんはボスＭｏｂとの戦闘に備えて、体力とスタミナの温存を」

ふたりを制するように、エドガーは一歩前へと身を乗り出す。

そして、侍の初期装備である打刀をゆっくりと抜くと、格闘士《モンク》の男にその切っ先を向ける――

見たところ、彼らの装備は比較的高レベルで入手できるものだし、レベルもこのグランドミッションを受けることができる上限ぎりぎりのライン。

そして一対二という状況。

装備、ステータス、人数。すべてにおいて優位にあるのは格闘士《モンク》たちだ。

「オイ、お前」

ニヤニヤと笑みを浮かべた隻眼《せきがん》の戦士《ファイター》が問いかける。

「ｗｉｋｉでスキル設定の勉強しなおして来たほうがいいんじゃねえのか？　そんなめちゃくちゃなスキルビルドで、どうやって戦うつもりなんだ？」

「ククッ、まあそういうなよ。怖いもの知らずの初心者らしいじゃないか。無知は力なりって言うだろ」

ふたりの下品な笑い声が響き渡る。

彼らが言うとおり、エドガーが取得しているスキルは、セオリーとは遠く離れたものだった。

侍のアクティブスキルツリーのひとつ【下段構え】で最初に取得できる【地走り】に、【中段構え】のカウンタースキルである【燕《つばめ》返し】。それに、【上段構え】の最初の攻撃スキルである【袈裟《けさ》斬り】——

ツリーに統一性はなく、どこからどう見ても適当にスキルポイントを振っているとしか思えない。

「エドガーくん」

ふとエドガーの耳にすずの声が届いた。

「……何？」

「あの人たち、多分サブキャラクターだよ。レベル以上の知識を持ってると思う。凄《すご》く……危険だよ」

そっと耳打ちするすずの言葉を噛みしめるように、格闘士《モンク》を睨《にら》みつけるエドガー。

それはもちろんエドガーにもわかっていたことだった。だが――

「大丈夫。俺は談合なんてやってる連中に負けない」

「……ッ！」

すずたちに牙を剥《む》いたこと以上に、エドガーは彼らが談合していることに怒っていた。

エドガーもすずと同じように、不正行為を嫌うプレイヤーのひとりだったからだ。

談合は愛すべきドラゴンズクロンヌを廃《すた》らせる許されない行為だ。

談合を行《おこな》ったプレイヤーがどうなるか、アカウント停止云々《うんぬん》の前にしっかりと身をもって知ってもらう必要がある。

「オラ、どうした初心者。かかってこいよ」

挑発《ちょうはつ》し返すように手招きする格闘士《モンク》。

「言われなくても」

エドガーは静かに地面を蹴《け》った。

歩数にして三歩ほど。

【地走り】を使うまでもなく、格闘士《モンク》との距離は即座にゼロになる。

一気に間合いを詰めてきたエドガーに、格闘士《モンク》が即座に身構えた。

あの構えは、格闘士《モンク》のスキルツリー【地の型】だ。

手数よりも一発のダメージが大きい足技を主軸としたツリーで、注意すべきは防御力無視ダメージを与えるスキル――

「オラッ!!」

格闘士《モンク》が動く。

派手なエフェクトを引き連れ、前蹴りに似たモーションから軌道を変化させ、足の側面で蹴《け》る「足刀《そくとう》」を放つ。

エドガーが注意すべきだと考えていた格闘士《モンク》のスキル【破砕蹴《はさいしゅう》】だ。

刃が振りぬかれたかと思うほどに凶暴な、空気を切り裂く音が、エドガーを襲う。

だが、放たれた【破砕蹴《はさいしゅう》】は空《くう》を切った。

エドガーが瞬時に体軸をずらしたのだ。

「……ッ!?」

まさか避けられるとは思っていなかったのか、目を丸くした格闘士《モンク》の表情に、心の中でエドガーがほくそ笑む。

これまで幾度となくMob戦やPvP戦を切り抜けてきたエドガーにとって、相手の力量を測るにはこの一撃だけで十分だった。

上級者レベルであれば、PvP戦で【破砕蹴《はさいしゅう》】を単体で放つことはしない。

【破砕蹴《はさいしゅう》】は大きなダメージを与える強力なスキルだが、発生動作が極端に遅いからだ。

発生動作が遅いということは、容易《たやす》くカウンターを取れるということ。

上級者格闘士《モンク》であれば、細かい攻撃やスキルを絡め、不意に【破砕蹴《はさいしゅう》】を放つのが定石《じょうせき》だ。

この男、自信満々だったからどれほどの猛者《もさ》かと思ったが、良くて中級者といったところか。

「ハッ、よく避けたな！」

避けられたのはまぐれだ、と言わんばかりに陰りの見えない笑みを浮かべる格闘士《モンク》。

一転して、今度は細かい攻撃を繰り出す。

下段蹴り、下段内蹴り、リードジャブ、下突き——

先ほどの【破砕蹴《はさいしゅう》】と違い、その攻撃は次々とエドガーに命中していく。

「ハハッ！　オラオラオラッ!!　どうした初心者ッ！」

「エドガーくんッ！」

勝ち誇った格闘士《モンク》の声にあわせて、背後からすずの悲鳴が聞こえた。

だが、エドガーに焦《あせ》りは微塵《みじん》もない。

素早い攻撃は避けられることが少ないが、次の攻撃につなげるために用意されたスキルがゆえに、手痛いダメージを与えることはできないからだ。

ああ、マジで面倒くさい、と攻撃を受けながら、エドガーはため息を漏らしてしまった。

攻撃のチョイスが全くの逆だ。

大技の後に小技を出しても意味がないだろう。

「今更土下座してもおせえからなっ！」

防戦一方のエドガーに気分を良くしたのか、格闘士《モンク》はもう一度【破砕蹴《はさいしゅう》】を放つ。

エフェクトが光り輝き、前蹴りのモーションに入る。

だが、エドガーはそれを待っていた。

「誰が」

突如、青白く光り輝くエドガーの身体。

破裂する空気。

砂塵《さじん》が舞い上がると同時に、エドガーの姿がかき消える。

そして、光の帯が躍《おど》った。

「なっ……!?」

格闘士《モンク》は絶句するしかなかった。

それはまるで「月が歩き出した」と形容できる光景だった。

＊＊＊

アクションゲームや格闘ゲームには、開発者が意図しないテクニックがプレイヤーによって発見され、それがスタンダードになることが多々ある。

特に格闘ゲームにはその事例が多く、例えば某元祖2D格闘ゲームで発見された「通常技の隙《すき》を必殺技でキャンセルする」というテクニックは、本来は単なるバグであった。それにもかかわらず、対戦の駆け引きを奥深くするテクニックとして、続くシリーズでは公式化されている。

そして、同じようなことがアクション性の高いドラゴンズクロンヌにも存在する。

それがアランの「月歩」だ。

月歩はクラス「侍」で取得できるスキルではない。

アランだけが使うことができるテクニックであり、彼のファンたちが命名したものだった。

「な……何……」

格闘士《モンク》は、うめき声に似た言葉を放ちながら、その場に崩れ落ちた。顔から、見ている方が息を呑《の》むほどに血の気が失われ、自分の身に何が起こったのか全く理解できていないという感じだった。

結果として残ったのは、【破砕蹴《はさいしゅう》】を放った瞬間、体力をすべて失った事実。

そして、男の体力を奪ったのは、いつの間にか彼と背中合わせになっているエドガーだということ。

「な……ななな……」

突然目の前で起こった出来事に、その場にいたすべてのプレイヤーが二の句を継ぐことを忘れ、ただ呆然としていた。

エドガーが今放ったものは、紛《まぎ》れもなくアランの月歩だったからだ。

「エ、エドガーくん……今の……って……」

「げっ、げげげっ、月歩おおお!?　なんでエドガーが月歩!?　嘘でしょ!?」

エドガーの月歩が生んだ張り詰めた沈黙。

そんな沈黙を切り裂くように、すずとメグが同時に驚嘆《きょうたん》の声を漏らした。

「お前……月歩ができンのか……!?」

「本物と違って、最後はあんたが言ってた『めちゃくちゃなスキルビルド』の【袈裟《けさ》斬り】だが、十分だろ？」

エドガーがくるりと身を翻《ひるがえ》し、隻眼《せきがん》の戦士《ファイター》へと刀の切っ先を向ける。

戦士《ファイター》の表情から、先ほどまでの余裕が一瞬で吹き飛んだ。

「う、うう……っ」

思わず戦士《ファイター》が後退りしてしまったのが、エドガーの目にもはっきりとわかった。

格闘士《モンク》を一撃で仕留めた月歩。

彼の戦意を喪失させるには、それだけで十分だった。

「どうした？　教育してくれるんだろ？　かかってこいよ」

「……て、てめえッ……！」

挑発《ちょうはつ》された戦士《ファイター》が怒りを滲《にじ》ませつつ、巨大な剣を肩に担《かつ》ぐ。

その挑発《ちょうはつ》はエドガーの「撒《ま》き餌《え》」だった。

「ぜってえぶっ殺すッッ!!」

戦士《ファイター》が怒りに任せ、エドガーへと突進した。

右足を軸に遠心力を使い、薙《な》ぎ払われる大剣。

集団への攻撃に適した戦士《ファイター》のスキル【スラッシュ】だ。

月歩を警戒し、攻撃範囲が広い【スラッシュ】でエドガーの動きを封じようと考えたのだろう。

だが――

「甘い」

またしても、エドガーの体が青白く輝く。

ばしん、と空気が爆《は》ぜ、その体が消える。

咄嗟《とっさ》に背を取られることを警戒した戦士《ファイター》が身構える。

だが、エドガーが現れたのは戦士《ファイター》の背後ではなかった。彼が立っているのは、戦士《ファイター》が持つ大剣の切っ先。

「あ……がっ！」

戦士《ファイター》の大剣にエドガーの体が触れた瞬間、侍のカウンタースキルである【燕《つばめ》返し】が発動した。

スキル発動を知らせる派手なエフェクトが輝く。戦士《ファイター》の頭上に表示されたのは、格闘士《モンク》に与えた以上のダメージ。

出だしの【地走り】部分に攻撃を合わせようとすると【燕《つばめ》返し】が発動し、待ちに徹すると、背後から強烈な一撃が放たれる——これが、月歩の恐ろしさだった。

「この……糞野郎《くそ》……」

「俺からすれば、談合しているあんたたちの方が糞野郎《くそ》だ」

エドガーがするりと刀を鞘《さや》に収める。

戦士《ファイター》は膝から崩れ落ちながら、きらきらと光の粒《つぶ》に変わり、霧散していった。

「す、すご……」

もはやすずとメグは、ため息に近い言葉しか口にできない。

レベルの差、装備の差、数の差。

すべてを覆《くつがえ》し勝利したエドガーの戦いは、まるで殺陣《たて》を見ているかと錯覚《さっかく》してしまうほど美しかった。

「無事か、アンドウ、ヤマブキ」

「あ、ああ、なんとか……だけどよ」

体力を回復することも忘れ、エドガーの立ち回りに見入っていたアンドウが気の抜けた声で訊《たず》ねる。

「お前……なんで月歩できるわけ？」

放たれたその質問。

月歩は、ドラゴンズクロンヌのｗｉｋｉで専用ページが作られるほど誰もが身につけたいテクニックのひとつだったが、その正体は未《いま》だ解明されていない。

ただ、アランの動画配信を調べつくした有志の情報によれば、月歩は間違いなく「いくつかのスキルのあわせ技である」という。

高速移動する【地走り】の後、相手の背後に回りこむカウンター技である【燕返《つばめがえ》し】を発動し、さらに防御力を攻撃力に加算するスキル【乾坤一擲《けんこんいってき》】を背後から決める。身体が青白く光るのは、【燕返《つばめがえ》し】のエフェクトが残っているためであるという推測が、有志の考えだった。

だが、彼らの情報が推測の域を超えることはなかった。

理由は明確で、どう考えても、【地走り】【燕返《つばめがえ》し】【乾坤一擲《けんこんいってき》】は連続で発動できないのだ。

ドラゴンズクロンヌには「コンビネーション」と呼ばれるテクニックがある。

一度だけ発動動作をキャンセルし、同じスキルツリーの別のスキルへとつなげる「スキルの連続発動」のことだ。

例えば、侍の【下段構え】で覚える【地走り】であれば、同じツリー内のスキル【斬り上げ】につなげることができるという具合だ。

だが、コンビネーションでつなげられるスキルは「同じスキルツリー」かつ「一度」だけ。

ゆえに、別のスキルツリーのスキルを三つもつないでいる月歩は、理論上は絶対に不可能なのだ。

「あ〜、それは、な？」

エドガーは苦笑いを見せ、どうしたものかと、今更ながら思案した。

月歩を使ってしまった以上、そういう質問が来ることは予想できたが、どう返せば納得してもらえるだろうか。

自分がアランに月歩を教えた。

月歩は自分とアランで作り上げたテクニックだ。

エドガーの頭は、これまでにないほど凄《すさ》まじいスピードで回転したが、上手い答えは生まれない。

そして、いよいよマズいと焦《あせ》りはじめたそのときだった。

「アァアンドォオウ！　ヤァマァブゥキィイッ！」

死者も目を覚ましてしまいそうな怒号が、周囲の空気を震わせた。

声の主は、般若《はんにゃ》のような表情に変貌《へんぼう》したメグだ。

「……ひっ!?　メグさん!?」

「よくもアンタら、アタシたちを置いて突っ走ってくれたわねッ!!」

「ごご、ゴメン!!　あれは違くて……」

「ああ!?　違う!?　何が違うっつーんだコラッ！　覚悟はできてンだろうなッ!?」

視線だけで殺せるんじゃないかと思えるくらい鋭く睨《にら》みつけるメグ。

やはり危惧《きぐ》していたとおり、メグはふたりにトドメを刺すつもりらしい。

「それに、謝ンならまずはアタシらのために来てくれたエドガーに謝らんかいッ！」

「そ、そうだな！　ごめん、エドガー！」

せっかく来てくれたのにぶち壊してすまん、と頭《こうべ》を垂れるアンドウとヤマブキだったが、エドガーが返事をする前に再びメグが割って入る。

「いや、アタシは許さねえッ!!」

「えっ!?　ちょっと、メグさん？　それ、どういう……」

「ちょっ、ちょっと！　メグ！」

ギラリとメグの二本のダガーが煌《きら》めいたことで、さすがにヤバイと感じたのか、慌《あわ》ててすずが彼女の身体を取り押さえた。

「離してっ！　すずっ！」

「メ、メグ！　ダメだから！　ふたりにおしおきするのはクエスト終わってからだから！　今はクエスト中！　とりあえずクリアに集中しようよ！」

終わってからなら、おしおきしてもいいのか。

傍観者のごとく、メグたちのやりとりを眺めていたエドガーは、心の中でそうぼやく。

そして、すずが言うとおりかもしれないと考えたエドガーだったが、その考えは中央の監視塔から聞こえてきた激しい戦闘音で消えてしまった。あの戦闘音は、他のパーティがボスＭｏｂ「オークキング」との戦闘を開始した音だろう。

つまり、これから状況を巻き返すことは難しく、グランドミッションの勝敗は決まってしまったことを意味する。

「……まあ良いか」

だが、エドガーの胸中を支配していたのは、悔恨《かいこん》の念ではなく小さな達成感だった。

グランドミッションで一位を取ることはできなかったが、すずとメグのふたりを生き残らせる目的は達成できそうだからだ。

「ちょっと、エドガーくん！　なに満足そうにぼんやりしてるの⁉」

「え……？」

安堵《あんど》の表情を浮かべていたエドガーの鼓膜《こまく》を揺らす、すずの声。

「エドガーくん、メグを止めてよ！」

メグは今にもすずの腕を振り払い、腰を抜かしているアンドウたちに食らいつこうとしている。

その様子に、エドガーは辟易《へきえき》した表情を浮かべた。

グランドミッションは終わりに近づいているが、こっちの戦いは未《いま》だ終わりが見えないようだ。

「あ、いや、ちょっとそれは……無理なお願いだ」

「ど、どうして!?」

今のメグは、オークを通り越して、覇竜《はりゅう》ドレイクよりも恐ろしい顔になっている。そんなメグに関わるのは、得策ではない。触らぬ神になんとやらということわざを知らないのだろうか。

「お、おいエドガー！　メグさんもお前の月歩でやっつけてくれッ！」

「待てよコラッ!!　アンタッ!!　何ふざけたこと言ってンのよッ!!」

ついにすずを振り払い、メグがアンドウたちに跳《と》びかかった。

ドラゴンズクロンヌでは、パーティを組めば単独でプレイするよりもプレイが楽になると言われている。だが、彼らを見ていると、パーティを組んだほうが百倍大変な気がした。

今回のグランドミッションにしても、ソロで参加できるのであれば余裕で勝っていただろう。パーティは面倒だ。現実世界の知り合いであれば、なおさら。

それなのに、エドガーは笑っていた。

これまで決して味わうことがなかったこの大変さと面倒さがほんの少し、楽しかったからだ。

なんとも平和で、なんとも危険な光景。

喚《わめ》き散らすメグの声と、なだめるすずの声、そして先ほどの談合プレイヤーに襲われたときよりも怯《おび》えきっているアンドウとヤマブキの悲鳴が、フィールドに広がっていく。

クラスメイトと挑んだ初めてのグランドミッションは、こうして終わりを告げた。

＊＊＊

グランドミッションの結果は蘭の予想どおり、四チーム中三位だった。

三位の報酬《ほうしゅう》は雀《すずめ》の涙ほどのゲーム内通貨で、アンドウたちに対するメグの怒りがさらに激しく燃え上がったのは言うまでもない。

だが、アンドウたちの命は救われた。

四位があの談合プレイヤーのチームということがわかり、間一髪《かんいっぱつ》のところでメグの溜飲《りゅういん》が下がったからだ。

合計ポイントで一位と二位がかなりの接戦になっていたことから察するに、談合は上手く行かなかったのだろう。

そして、襲ってきたあのふたり組は、すずが運営に報告したためにそのうち裁きを受けることになる。

勝負には負けたが、すずたちを生還させ、談合プレイヤーに痛い目を遭《あ》わせることができたのは上々だ。

しかし今日、蘭はいつも以上に、学校に行くのが億劫《おっくう》になっていた。

その理由は他でもない、昨晩談合プレイヤー相手に使ってしまった「月歩」について、学校で質問攻めを受ける可能性があったからだ。

昨晩は時間が遅くなったという理由で、別れの挨拶《あいさつ》も早々に解散した。

だが、学校では腐《くさ》るほど時間はある。

「おい、江戸川っ！」

「……ッ！」

澄《す》んだ空気がたゆたう霞ヶ丘高校の校門。

突如背後から慌《あわ》てた声で呼ばれた蘭は、思わず身をすくめてしまった。

声をかけたのは、昨晩ずっと向こうの世界で一緒だった安藤だ。

「お、おはよう」

「あのさ、ちょっとお前にお願いがあんだけど」

心底困っている、と言いたげな表情を浮かべる安藤。その原因は蘭にはいくらか想像できた。

「もしかして、佐々木《メグ》さん？」

「お前意外と鋭いな。そうなんだよ、お前の口からメグさんに『安藤は反省しているから許してやって』って言ってくれねえかなあ？」

頼むよ、と手のひらをあわせる安藤。

グランドミッションのフィールドでは、メグの怒りをなんとか抑えることができたが、あの怒りは多分今日に持ち越されているだろう。

このまま教室に行けば血を見るのは明らかだ。

「山吹のことは言わなくていいのか？」

「うっ……山吹は……犠牲《ぎせい》になってもらう……」

背に腹は代えられねえ、とあっさり友人を売る安藤。

記憶が正しければ、グランドミッションがスタートしたとき、真っ先に突っ込んだのは山吹ではなく安藤だった。

山吹にも非はあるとはいえ、元凶は安藤のはず。

なのに山吹を生贄《いけにえ》にするとは。なんというひどい奴か。

「はあ……俺の言葉で納得してくれるのか疑問だけど、まあ、言うだけ言ってみる」

「マジで⁉　いやあ、助かる！　マジ助かる‼」

「ちょ、おい……！」

安藤は感極まると、飛びつくように抱きついてきた。

校門前でいきなり熱い抱擁《ほうよう》を交わすふたりの男子生徒に、周囲から湿った視線が送られる。

それは、蘭の一番苦手とする視線だ。

朝から校門で辱《はずかし》めを受けることになった蘭。しかし、同時にどこか安堵《あんど》していた。

安藤の反応を見る限り、月歩についてとやかく問い詰められることはなさそうだからだ。

安藤の頭の中はメグの魔の手から逃れることで一杯のようだし、山吹も月歩どころじゃないだろう。

それに、メグも昨日できなかった「おしおき」の件で、他のことを考える余裕はないはず。

安藤にされるがままバシバシと背中を叩《たた》かれ続ける蘭は、ほっと胸をなでおろす。

このまま何事もなく過ぎ去る可能性は高い。

そんな蘭の願いは、見事に打ち砕かれることになった――

＊＊＊

「ねえねえ、エドってさ、なんで月歩使えるわけ？」

「……うっ」

席に座るなり、待ってましたと言わんばかりに駆けつけたのは、キラキラと目を輝かせているメグだった。

「エドって、もしかしてアランと知り合いとか？」

「え、いや……まあ、そんな感じだったりはしなくもないけど……というか、エドってなんだ」

蘭の大きな誤算。

メグの頭を支配しているはずの安藤たちへの怒りはすっかり収まり、彼女の興味はあろうことか蘭に向けられていた。

助けを求めるようにちらりと安藤と山吹の方へと視線を送る蘭だったが、彼らは犠牲《ぎせい》になってくれと手を合わせるばかりだ。

「というかさ、すっごくカッコよかった」

「……へ？」

「あの談合野郎の前に立ちふさがったときのエドのカッコよさといったら……なんていうか……ヒロインを助けに現れた映画の主人公、みたいな？」

もちろんアタシがヒロインねと、ニヤケながら念を押すメグ。

「エドってさ、地味で暗くて、いつもひとりぼっちで寂しい奴だなーって思ってたけど、イメージが一変したわ」

「そ、それはどうも」

とてつもなく失礼なことを言われたように聞こえたが、蘭は華麗に聞き流した。

「んでさ、エド、さっきの話だけど――」

「おはよう、江戸川くん」

じゅるりと舌なめずりした（ように見えた）メグの言葉を遮《さえぎ》ったのは、教室に入ってきたすずの声だった。昨日のことがあったからなのか、栗色の髪を小指でかきあげつつ、周囲の女子クラスメイトと笑顔で挨拶《あいさつ》を交わしているすずが、いつも以上に天使のように見えてしまう。

「ほらメグ、江戸川くん困ってるからやめなよ」

「や、だってさ、チョーカッコよかったじゃん？　すずも言ってたよね？『エドガーくんカッコよかった』って」

「……え？」

メグの言葉に、教室の一角が瞬時に凍《こお》りつく。

その空気が、朝のざわめきに包まれていた教室に伝播《でんぱ》し、クラス中の視線が蘭たちへと向けられた。

「……キュンと来ちゃったとかなんとか……あっ、何……すず……モゴモゴっ！」

「メメッメメ、メグッ!!」

白い頬《ほお》が赤らんだかと思った瞬間、すずは背後からメグを羽交《はが》い締めし、口を押さえ込んだ。

「江戸川くん！　違う！　違うから！」

「……あ～」

これまで体験したことのない異様な状況に、思考キャパシティの限界を大きく越えてしまった蘭は、どこか他人ごとのように、慌《あわ》てふためくすずの言葉を聞いていた。

違うというのは、何のことを指しているのか。

冷静に考えろ、と蘭はごくりと唾《つば》を呑《の》み込むと、必死に頭を働かせる。

すずたちは昨日、数合わせのために蘭を誘った。

つまり、グランドミッションが終わればただのクラスメイトに戻るということだ。

すずたちはこれまでどおり、四人でドラゴンズクロンヌをプレイして、蘭はひとりでプレイする。

それで、終わりのはず。

「……で、でもね、江戸川くん」

と、蘭の思考を再びすずの声が断ち切った。

はたと我に返った蘭の目に映ったのは、いつの間にかメグと立ち位置が入れ替わり、恥ずかしそうにうつむくすずの姿だった。

栗色の髪の隙間《すきま》からちらちらと覗《のぞ》く大きな瞳に、蘭の鼓動も否応なしに高まってしまう。

「昨日メグと話してて、ちゃんとお礼を言おうと思ってたんだ。一緒にドラゴンズクロンヌをプレイしてくれたことと、その……あのとき、助けてくれたことに」

蘭にできるのは、陸に打ち上げられた魚のように口をぱくぱくと動かすことだけだった。

「ありがとね、江戸川くん」

すずの優しい声がふわりと浮かび、蘭の頬《ほお》を撫《な》でていく。

蘭はまるで仮想現実世界にいるような錯覚《さっかく》を覚えてしまった。

「くふふ、アタシからも礼を言うよ。ありがとな、エド。ンでさ、お礼ってわけじゃないけど、今日学校終わったらアンタのレベル上げ付き合ったげるから」

「私たちのレベルは八だから、すぐ追いつくよ、江戸川くん」

「あ～、大丈夫。安藤と山吹も一緒に手伝わせるから……だよな!?」

じろりと安藤と山吹を睨《にら》みつけるメグ。

どうやらメグは昨日のことを忘れているわけではなく、ふたりを強制的に連行するための口実に使うことにしたらしい。

すっかり彼女に弱みを握られてしまったふたりは「喜んで！」と飛び上がった。

「というわけで、放課後、また集合で良いよな？」

「……あ、いや、メメメ、メグさん？」

まとめにかかったメグに、思わず蘭が口を挟む。

正直なところ、レベル上げを一緒にやるのは、嫌な気持ちはしない。すずが一緒ならなおさらだ。

だが、蘭の不安は他のところにあった。そろそろアランで実況配信をしないとまずいのだ。ＤＩ

CEの担当者からチクリと刺される可能性がある。

「あ、ゴメン、ひょっとして何か用事があった？」

「いや、その……まあ、急ぎではないが、あることはある」

アランで実況プレイをする、とは口が裂けても言えない。

「そっか……それじゃあ、今日は難しいな」

残念だ、と言わんばかりにため息を漏らすメグ。

凄《すさ》まじく押しが強いメグが納得してくれたことにほっと胸をなでおろした蘭だったが、ふと瞳に映ったすずに、二の句を継げなくなってしまった。

無言でこちらをじっと見つめながら、心底残念だと表情で語っているのだ。

緊張に似た鈍《にぶ》い痛みが、じゅくりと下腹に走る。

同時に押し寄せる罪悪感という荒波。

そして、その危険な荒波に呑《の》み込まれた蘭が助かる道はひとつしか残されていなかった。

「……今日」

「え？」

「今日レベル上げやろう。用事は今日じゃなくても良い」

「……ほんと!?」

すずが目をキラキラと輝かせながら、息を弾ませた。

エドガーのレベル上げに、アランの実況配信。これはしばらく寝不足な日々が続きそうだ、と蘭は心中でひとりごちる。

人付き合いは本当に面倒だ。

ＶＲＭＭＯゲームはひとりでプレイするに限る。

だが――

蘭はそう思いつつも、すずの眩《まぶ》しい笑顔に釣られて不器用な笑顔を返してしまうのだった。

第二章　侍狩り

ドラゴンズクロンヌはサービス開始後、様々なバージョンアップを繰り返し、今に至っている。ダンジョンやエリアの追加から、新しいＭｏｂと新しい生産素材の追加。そして、その素材から生産できるアイテムの追加などが主たるものだが、中でも動画配信・閲覧の利便性は、プレイヤーからの要望をいち早く取り入れ、様々な改良を行《おこな》っている。

動画や生配信を閲覧するためにゲーム内通貨「マニラ」を支払うという根本的なシステムは当初からのものだが、「動画視聴ランキング」や「動画検索機能」「配信者チャンネル登録機能」、そして幅広いジャンルの動画コンテンツを生むことになった「動画カテゴリ設定」などはサービス開始後に追加されたものだ。

ドラゴンズクロンヌ内で配信されている動画のジャンルは多岐にわたっている。

アランが配信しているようなＭｏｂ討伐系に人気があるのはもちろんだが、根強い人気を持っているのが「生産系」の動画配信だ。

ドラゴンズクロンヌに、ＭＭＯゲームで一般的な生産系のクラスは存在しない。

「レシピ」と呼ばれる生産の設計書と必要な素材があれば、生産は誰にでも可能だ。そのレシピは、必要素材の内のひとつ、いわゆる「キーアイテム」を所持していた場合に、街のブックショップで買えるようになっている。

生産系の動画に人気があるのは、実用性が非常に高いからだった。

レシピをアンロックするキーアイテムの紹介に始まり、レアレシピで生産できる装備の紹介、それに生産素材の収集場所の紹介など、内容は多岐《たき》にわたっている。

「見つかった〜？」

「まだ〜」

幾層にも重なった木々の隙間《すきま》からこぼれ落ちる太陽の欠片《かけら》を受けながら、草むらの中で必死に何かを探しているふたりのプレイヤーがいた。

褐色《かっしょく》の肌を持つ小柄なエルフのメグと、対照的に雪のような白い肌を持つすずだ。

ふたりがいる場所は、港町クレッシェンドから西にしばらく進んだ先に広がる「ラバスタ林地」と呼ばれるエリアだった。

ここはクレッシェンド周辺を卒業したプレイヤーが訪れるエリアで、雑魚《ざこ》Ｍｏｂの代名詞であるゴブリンの上位種「フォレストゴブリン」や巨大な人食い植物「マンイーター」など、レベルがワンランク上のＭｏｂが現れる。

しかし、このエリアを訪れるプレイヤーの目的は、レベル上げだけではない。特に低レベルプレイヤーには必須とも言えるアイテム――回復薬の生産素材が採取できるのだ。

「ねえ、回復薬作るのにフォレストハーブっていくつ必要だったたっけ？」

「二つなんだけど、できるだけたくさん欲しいんだよね。みんなの分も作るために」

「ああ、昨日みたいなことがまた起こるかもしれないからねえ」

メグの言う「昨日みたいなこと」とは、いつものメンバーでクレッシェンドにほど近いダンジョンに挑戦したときに起きたアクシデントのことだった。

盾役の騎士《ナイト》のヤマブキがヘイトコントロールに失敗したために、すずの回復魔術が追いつかず、全滅の危機に陥《おちい》ったのだ。

そのときは間一髪《かんいっぱつ》、エドガーの活躍でなんとか難を逃れたが、万が一を考え「各自回復薬を常備する必要がある」とすずは考えていた。

「備えあれば憂《うれ》いなしって言うじゃない？」

「ん～、確かにそうだけどさ、ココ、結構強いＭｏｂ出るから、誰か連れてきても良かったんじゃない？　ヤマブキとか……エドとかさぁ～？」

「……ッ！」

ある意味どっちも「騎士《ナイト》」だねえ、とニヤけるメグ。

「こ、こんな雑用にエドガーくんたちは呼べないよ。雑用は私たち後衛職の役割でしょ？」

「まあ、そうだけどさ……って、ちょっと！　アタシだって立派な前衛職なんですけど！　危なく納得するところだったわッ！」

「あれ、そうだったっけ？」

仕返しだ、と言わんばかりに、すずが邪《よこしま》な笑みを返す。

「うわっ、ひっど！　確かにアタシは活躍してないかもしれないけどさ！」

「あはは、ゴメンゴメン」

そう言って笑い合うふたり。

冗談《じょうだん》を言い合う彼女たちの声が、鬱蒼《うっそう》とした森の中に広がる。

メグとすずは、霞ヶ丘高校に入学してから知り合った。

性格が全く異なるふたりだったが、自分にない部分に惹《ひ》かれたのかすぐに打ち解け、以後何かと一緒に行動するようになった。

そしてそれは、メグが誘ったドラゴンズクロンヌの世界でも同じだった。

アンドウやヤマブキとプレイする回数が増えても、時折、女子ふたりでガールズトークに花を咲かせながらぶらつくことがあった。

「てかさ、今日も動画配信してんの？」

「ん？　してるよ。音声は切ってるけど……お、フォレストハーブもうひとつ発見」

手元に視線を落としつつ、そう答えるすず。

「毎回思うんだけどさ、こんな誰でも作れる回復薬制作過程の動画なんて、誰が見るわけ？」

「誰かに見せるために配信してるわけじゃないよ。どの場所にどの素材が落ちてるかメモ代わりに記録してるだけ」

「……なにそれ。辿《たど》り着くまでの道順とか？」

「そ。あとはｗｉｋｉに書かれてないＭｏｂの配置場所とか、途中でレア素材をゲットできたら、覚えときたいでしょ？」

すずは今回だけでなく、生産素材を採取しに行くときは、いつも動画配信をしていた。

動画配信にはゲーム内通貨が必要だが、すずのようにメモ代わりとして動画配信を活用するプレイヤーも少なくない。特に、Ｍｏｂとの戦闘を記録するプレイヤーは多く、相手の行動パターンを研究したり、自分の立ち回りの修正箇所を確認したりと活用方法は広い。

「へえ、なるほどね。頭いいね、すず。アタシも活用しようかしら」

「方向音痴のメグにはぴったりかも」

「うんうん、そうだね……って、ふわふわ系のあんたに言われたくないわッ！」

鼻息荒く怒鳴《どな》り散らすメグの声とともに、すずの軽い笑い声が森に響き渡る。

と、そのときだ。

がさり、とふたりの背後から草木をかき分ける音が放たれた。

「……ッ!!」

咄嗟《とっさ》にメグが二本のダガーを構え、身を翻《ひるがえ》す。

そして、数瞬遅れてすずは杖《つえ》を構えると、回復魔術【キュアⅠ】の詠唱《えいしょう》に入る。

しかし、目の前に広がっているのは、静まり返った薄暗い森だった。

風に揺れる木々の他に何もない。

「メグ、今の音」

「……何かいるね」

何かを感じ取ったすずが、【キュアI】の詠唱《えいしょう》をキャンセルし、防御力を強化させる魔術【スクタムI】の詠唱《えいしょう》を開始する。

Ｍｏｂが近づいてきているとすれば、フォレストゴブリンか、マンイーターか。

戦って倒せない相手ではないが、クレッシェンドに戻った方が良いかもしれない。

そう判断したすずがメグに声をかけようとした、そのとき――

「すまない。驚かせてしまったか」

がさり、と茂みの中から現れたのは、ひとりのプレイヤーだった。

明らかに高レベルのプレイヤーだとわかる、高価そうな赤いフード付きローブを着た長身の女性――フードから溢《あふ》れるカールした黒髪と、はだけた胸元がとても妖艶《ようえん》な、クラス「魔術師《ウィザード》」。

名前は「ティンバー」と表示されている。

「素材の採取中だったか。邪魔をしたな」

彼女が放つ異様な空気に気圧《けお》されてしまったすずは、思わずごくりと唾《つば》を呑《の》み込んだ。

「い、いえ……そろそろ帰ろうかと思っていたところなので」

「ふむ、そうか」

ティンバーは威嚇《いかく》しているわけではないし、敵意を向けているわけでもない。

だが、なぜか警戒を解くことをためらってしまう。

その空気を感じてか、メグも未《いま》だに両手にダガーを構えたままだ。

「ええと……ティンバーさんもココで採取を？」

「いや、そういうわけではないが……君の名前は……すず？」

そう言ってティンバーはふわりとフードを下ろす。

暗くてよくわからなかったが、ティンバーのアバターは特徴的な姿をしていた。

猫のように尖《とが》った瞳孔《どうこう》に、白いはずの結膜部分は黒く、逆に瞳はまばゆいほどに白ずんでいる。

メグと同じ褐色《かっしょく》の肌を持ったデーモン種のアバターだ。

「私の名前に何か？」

「つかぬことを聞くが、君たちは先日のグランドミッションに参加したか？」

「え？　グランドミッション？」

「ミストウィッチ監視所のクエストだ」

「参加したけど、それが何か？」

すずに代わって答えたのは、警戒を緩《ゆる》めないメグだ。

不審な動きをしたらすぐに襲いかかろう、とダガーの柄《つか》をしっかりと握り直す。

「君たちのパーティに……侍はいたか？」

さらに質問を続けるティンバー。

その質問にどういう意図があるのかはわからないが、不気味なラバスタ林地の雰囲気も相まってか、次第にすずの胸がざわめきはじめた。

「私たちのフレンドがいました。でも……それ以上は教えられません」

「何？　フレンド？」

「メグ、行こ」

胸のざわめきが恐れに変わりはじめた瞬間、すずはメグの手を取った。

だが――

「待て」

ティンバーの冷ややかな声が響く。その恐ろしげな瞳が、より危険に輝いたような気がした。

「そのプレイヤーの名を教えてくれないか」

「なんでアンタに教える必要があンだよ」

「重要なことなのだ。それに……君たちに手荒な真似《まね》はしたくない」

メグにそう言い放ったティンバーの右手には、いつの間にか禍々《まがまが》しい杖《つえ》が握られていた。

「……ッ!!」

ひくりと、すずの息が詰まると同時に、メグが動く。

すずはこのときほど、メグが盗賊《シーフ》を選んでくれて良かったと思ったことはなかった。

盗賊《シーフ》は、高レベルプレイヤーに対しても効果があるスキル、いわゆる逃走用のスキルを持っているからだ。

「ンなこと言われて教える気になるかっ！」

メグの怒りの声とともに、足元からぼふんと砂塵《さじん》が舞い上がった。

一定時間姿をくらますことができる盗賊《シーフ》のスキル【煙幕砂塵《さじん》】だ。

霧のように辺りに立ち込める砂塵《さじん》は、メグとすずの身体を完全に覆い、ティンバーの視界からふたりの姿を完全に消し去った。

「すず！　逃げるよ！」

「うん！」

「……ッ‼　待てッ‼」

ティンバーの声が放たれたと同時に、空気がまるで生きているかのようにうねり、次第に熱を帯び始めた。

刹那《せつな》、轟音《ごうおん》とともに魔術師《ウィザード》の【炎系魔術】ツリーで取得できる上級スキル【インフェルノ】がメグの【煙幕砂塵《さじん》】を吹き飛ばし、天に昇る龍がごとく、いくつもの炎柱を空へと舞い上がらせた。

発生した魔術は草木のオブジェクトに干渉《かんしょう》し、周囲数メートルを一時的に焦土《しょうど》へと変える。

そして――

「……くっ」

黒煙の向こうから現れたのは、悔《くや》しそうなティンバーの姿だった。

辺りに散らばっているのは、炭と化した草木の残骸《ざんがい》。

メグとすずの姿はどこにもなかった。

＊＊＊

「というわけなのよ」

「……へえ」

軽い笑い声が躍《おど》る、ぽかぽかと温かい日差しが差し込む教室の一角。

うつらうつらとまどろんでいた蘭は、メグに気の抜けた返事をした。

朝から尽きることのない彼らの話題のタネは、昨日ラバスタ林地で起きた「魔術師《ウィザード》襲来事件」だった。

「『へえ』じゃない！　アタシもすずもホントやばかったんだから！」

「……ティンバーさんか……メチャ綺麗《きれい》な人だな」

「へ？」

そうぽつりとこぼしたのは、すずが配信する動画のアーカイブを見ていた山吹だ。

「あのなあ、お前、いくらなんでも今、それ言うか？」

「え？　だってヤバイじゃん。褐色《かっしょく》美人って最高じゃね？」

「山吹くん……」

安藤の忠告を無視し、チャラ男空気全開の山吹に、メグとすずは静かに軽蔑《けいべつ》の色を添え、目を細めた。

「よし、キモイ山吹はほっとこ。んでさ、この魔術師《ウィザード》が探してたのは、アタシらとグランドミッションに参加した侍だったってわけ」

「侍って、江戸川のことか？」

安藤の言葉に、蘭に一斉に視線が集まる。

うつらうつらと夢の世界に片足を突っ込んでいた蘭は、彼らの注目を浴びていることに気がついていない。

「江戸川くん」

「……へ？」

すずの声に、蘭がはたと我に返る。

「アンタさ、なんでそんな眠そうなわけ？　もしかしてアタシたちがログアウトした後、ひとりでプレイしてるとか？」

「わ、悪い。そういうわけじゃないんだが……」

気まずそうに言葉を濁《にご》す蘭。

蘭がそうなってしまっているのは、メグの指摘どおり、彼女たちがログアウトしてからアランで実況配信プレイを始めているからだった。

布団の中に入るのは、いつも窓の外が薄明るくなってから。

ゆえに蘭は、学校で睡魔《すいま》と戦う毎日を送っていた。

「とにかく、なんであんな高レベルのプレイヤーがエドを探してたのかって話なわけよ」

「でもさあ、襲われたのって、メグさんが突っかかったからじゃね？　動画に音声入ってないから、俺の推測だけど」

山吹のスマホを覗《のぞ》き込む安藤。そして、安藤に悪乗りするように続けたのはすずだ。

「うん、安藤くんの推測は間違ってないかも」

「あ～、やっぱり？　だと思ったぜ」

「そこ！　静かに！」

頬《ほお》を赤らめながら、メグがぴしゃりと叱《しか》る。今にも飛びかからんとする彼女をなだめつつ、すずが続けた。

「でも真面目な話、本当に江戸川くんを探してるみたいだったんだよね。もしかして、知り合いとか？　引退前の」

「ん～……いや、知らないプレイヤーだな」

今にも閉じてしまいそうな瞳でスマホに映し出された動画を注視する蘭だったが、その姿に見覚えは全くなかった。アランのときにＰＫ行為を仕掛けてきたプレイヤー――すべて返り討ちにしたが――のひとりかと一瞬考えたが、その可能性はすぐに消した。

エドガーがアランのサブキャラであることは、誰にも話していないからだ。

「なあ、このティンバーってプレイヤー、ひょっとすると偽名なのかもしれないぞ」

そう切り出したのは、スマホでドラゴンズクロンヌのウェブサイトにアクセスしていた山吹だった。

どうやら山吹は、この妖艶《ようえん》な女性プレイヤーの正体を調べたかったようで、プレイヤー検索からティンバーという名前を調べたが、該当《がいとう》プレイヤーはヒットしなかったらしい。

「偽名？　そんなことできるの？」

「プレイヤー名は課金で自由に変更することが可能だ。プレイデータはプレイヤー名ではなくドラゴンズクロンヌのアカウントＩＤで管理されているし、重複したプレイヤー名の設定も可能だから、変えようと思えばいつでも偽名を使うことができる」

「へえ、そうなんだ」

あくびをかみ殺しながら説明する蘭に、知らなかった、とメグが頷《うなず》く。

名前の変更は、特に人気実況者が行うことが多い。風貌《ふうぼう》と名前が一致してしまうと、行く先々で騒ぎになってしまうからだ。

ちなみに蘭もアランでプレイする際、実況中を除き、ホームハウス外に出るときには偽名を使う場合が多かった。

「偽名を使ってるあたり、チョー怪しいね。あ、この前の談合プレイヤーの仲間なのかも」

「その可能性はあるな」

蘭もメグと同じことを考えていた。

彼らの談合が失敗したのは、蘭が彼らを返り討ちにしたからだ。その仕返しとして、彼らの仲間がエドガーを探していても不思議ではない。

お門《かど》違いも良いところだが。

「とりあえず、しばらくは単独行動は控えた方がいいかもね」

「そうだな。すずさんが言うとおり、ひとりで行動するのはやめて、そいつがまた近づいてくるようだったら、ハラスメント行為で運営に報告しようぜ」

安藤の提案で、朝からの話題だった魔術師《ウィザード》襲来事件は区切りがついた。

だが、寝不足でぼんやりとした頭ながらも、蘭はどうにもその魔術師《ウィザード》のことが引っかかっていた。スマホの画面に映っている、ティンバーの艶《つや》やかで恐ろしげな瞳。もう一度記憶を検索してみたが、ティンバーに似たデーモン種の女性魔術師《ウィザード》はいない。

「面倒くさいな」

誰にも聞こえないくらいの小声で、蘭がぽつりと漏らす。

だが、そうこぼしながらも、ちゃんと調べる必要があるかもしれない、と彼の心はざわめいていた。

＊＊＊

「女性魔術師《ウィザード》のＰＫプレイヤー、ですか？」

「ああ。フレンドが魔術師《ウィザード》のＰＫ行為を受けてね。同じような被害に遭《あ》っているプレイヤーがいないか調べて欲しい」

エドガーがドラゴンズクロンヌにログインして、ホームハウスで出迎えたソーニャに開口一番に訊《たず》ねたのがそれだった。

魔術師《ウィザード》の正体を調べる方法で、エドガーが最初に思いついたのがソーニャだった。

サポートＮＰＣは自然言語処理を行う会話型インターフェイスなのだが、単にプレイをサポートするだけではない。ドラゴンズクロンヌのサーバに格納されている個人情報以外の各種データベースや、インターネット上のオープンデータにアクセスが可能だった。

「畏《かしこ》まりました、エドガー様。しばらくお待ちください」

瞼《まぶた》を閉じ、考えこむようにソーニャはしばらく沈黙する。

「……運営に報告されている内容、プレイヤー間でやりとりされている情報のデータベースにアクセスしましたが、該当《がいとう》事例は特に見当たりません。ただ、最近インターネット上のドラゴンズクロンヌ関係のオーガニック検索で、急上昇している検索キーワードがあります」

「なんだ？」

「『侍狩り』です」

「……侍……狩り？」

ソーニャが口にしたキーワードで、エドガーはあの魔術師《ウィザード》が語ったという言葉を思い起こす。

すずたちの話によれば、あの魔術師《ウィザード》はクラス「侍」のプレイヤーを探していると言っていた。

このキーワードと何か関係があるのだろうか。

「侍狩りについて、詳細はわかるか？」

「関連するデータベースの計量分析を行いますので、しばらくお待ちください」

再び瞼《まぶた》を閉じるソーニャ。

ネット上に散らばっているオープンデータの中から、情報同士の関連性を分析し、最適な回答を導き出す。手作業であれば気が遠くなるような時間が必要な分析だったが、ソーニャの演算力は、わずか一分足らずでその作業を完了させた。

「侍狩りとはここ数日、中、高レベルに区分される一部プレイヤー内で行われている、クラス『侍』に対するＰＫ行為の総称です」

「侍だけを狙ったＰＫ行為ってことか？」

「そのとおりです。ドラゴンズクロンヌデータベースを確認したところ、五日前からＰＫによる侍プレイヤーの死亡率がはね上がっています」

「理由は？」

「申し訳ありません。理由までは判明しませんでした」

ネットに上げられている情報のほとんどは、被害者がＳＮＳにアップした情報だろう。

それに、ＰＫ行為は脈絡もなく行われるのが一般的だ。

被害者はなぜ自分が襲われたかわかるはずもない。

「う～む」

エドガーは渋い表情で唸《うな》ってしまった。

中、高レベルのプレイヤーが侍を狙ったＰＫ行為を行《おこな》っている。

ソーニャの話を聞く限り、すずたちを襲った魔術師《ウィザード》と侍狩りは関係している可能性が高い。

だが、エドガーには侍が狙われている理由が見えなかった。

これまでも、特定のクラスを狙ってＰＫ行為が頻繁《ひんぱん》に行われる、といった事例はなくはない。

以前、バージョンアップで立て続けに強化《バフ》されたクラス「盗賊《シーフ》」に対して、不満が爆発したプレイヤーが手当たり次第にＰＫ行為を仕掛けるという事件があった。

盗賊《シーフ》の人口を激減させるにまで至ったその事件は、慌《あわ》てた運営によって盗賊《シーフ》のステータスが弱体化《ナーフ》されたことで、ようやく収拾に至った。

だが、今回は違う。

侍が強化された、なんて情報はないし、バージョンアップはまだ先のはずだ。

とすれば、侍狩りはプレイヤー全体に広がるムーブメントではない。

考えられる理由とすれば、侍に対する私怨《しえん》──

「……メグさんの予想が当たってるのかもしれないな」

教室でメグが口ずさんだ言葉が、エドガーの脳裏を過《よぎ》る。

やはりティンバーは、あの「談合プレイヤー」の仲間。グランドミッションでの恨《うら》みを晴らすために、自分を探し、侍を襲っている可能性がある。

「エドガー様、メッセージが届いています」

エドガーの視界の端にふわりとメールマークが浮かんだ。誰かからメッセージを受信した通知だ。

このキャラにメッセージを送るプレイヤーはそう多くない。クラスメイトのうちの誰かだろう。

「──今日の狩りはキャンセル、か」

案の定、メッセージの送り主はすずだった。

内容は「今日は集まりを中止したい」とのことだった。

襲撃事件が起きたのが昨日。昨日の今日でログインをためらっても不思議ではない。しかし、これは逆に侍狩りを調べるチャンスでもある。

「エドガー様、お手伝いしましょうか？」

「……え？」

「予定がキャンセルになったのであれば、その侍狩りを調べに行かれるのでしょう？　侍を狙っているのは中級者以上のプレイヤーです。エドガー様は熟練者とはいえ、今のレベルを考えるとおひとりでの行動は危険です」

まるで心を読んだかのように言葉を添えるソーニャ。

サポートＮＰＣにはこれまでのプレイヤーの行動パターンを元に、与えられた情報によってプレイヤーがどう行動するか予測ができるようになる学習機能がある。

プレイヤーの考えを先回りして、サポートし、ストレスなくドラゴンズクロンヌをプレイしてもらうことが、サポートＮＰＣの目的であり最終的な役割だからだ。

「そういえば、ソーニャとは『問題が解決したら一緒に狩りに行く』と約束してたな」

「問題は解決したのですか？」

「……まあ、おおかた」

想像していたものとは違う結果だったが。

気恥ずかしそうに頬《ほお》をかきながら、エドガーはそう答える。

「それは良かったです。では、参りましょうか？」

「あ、ちょっと待った。行く前にソーニャの装備を用意する」

「私の装備、ですか？」

「まさか手ぶらで行くつもりじゃないだろ？　アランのアイテムボックスを漁《あさ》ってくるよ。ちなみに使いたい武器はあるか？」

プレイヤーと違い、サポートNPCには「クラス」という概念が存在しない。

そのため、武器・防具に関しては制限なくすべて装備することができるが、代わりにスキルを覚えることができないという制限もあった。

つまり、サポートNPCは戦闘で主力のアタッカーとして活躍することが難しく、プレイヤーの危機を救う回復魔術を使うこともできない。ゆえにサポートNPCは、攻撃の援助を行《おこな》ったり、アイテムを使ったりなど、あくまでプレイヤーを「サポート」する役割を担《にな》う存在だった。

「これまでのエドガー様のプレイスタイルを分析したところ、戦闘中に干渉《かんしょう》し合わない『弓』や『銃』などの遠距離武器が良いのではないかと思います」

「それがソーニャが使いたい武器？」

「と申しますと？」

質問の意味がわからない、とソーニャが首を傾《かし》げた。

「単純にソーニャの好みを聞きたかっただけなんだが……いや、変な質問をしてしまった」

変というよりも馬鹿な質問だ、とエドガーは自分に呆《あき》れてしまった。

ソーニャは人間じゃない。彼女に欲求というものはなく、あくまでプレイヤーの行動を分析して、最適な行動と言動を返すプログラム――

しかし、続けて放たれたソーニャの言葉は耳を疑うものだった。

「そうですね。エドガー様がそう仰《おっしゃ》るのであれば、弓を使わせていただきます。銃は扱いが難しいですし……それに、弓は昔使っていたので得意なんです」

「……え？　昔使っていた？」

言葉の意味が、エドガーには理解できなかった。

まさか、ドラゴンズクロンヌを始めるときに作ったソーニャに「過去」があるとでも言うのだろうか。

「実は、エドガー様に仕える前はヴェルン大公国で弓士兵をやっていたんです」

「ッ⁉　嘘だろ？」

ヴェルン大公国とは、ドラゴンズクロンヌの中央部に位置する強大な軍事国家だ。

そして、そこで弓士兵をやっていたということは、つまり——

「サポートNPCはこの世界に住むNPCの中から選ばれているということか⁉」

エドガーは久しぶりに衝撃を受けてしまった。

何年もドラゴンズクロンヌをプレイしているが、これまでそんな話を聞いたことがなかったからだ。しかし、信じられないと思う一方で、この世界をより「リアル」にするためにそんなプログラムが走っていてもなんら不思議ではないと妙に納得してしまう。

だが——

「ふふ、冗談《じょうだん》です」

「……へ？」

膨《ふく》らんでいたエドガーの妄想《もうそう》をズバリと遮《さえぎ》り、ソーニャの小さな忍び笑いが広がった。

「私にそのような過去はありません。エドガー様に作られたときに、弓が得意装備だと設定されただけです」

「なっ……！」

「申し訳ありません、一緒に行けると嬉しくなって、ついからかってしまいました」

くすぐったそうに小さく肩をすくめるソーニャ。

数瞬、あっけにとられてしまったエドガーは、バツが悪そうに頭をがしがしとかきむしる。

「もしかして、怒っていらっしゃいますか？」

「いや、怒ってない。ただ、ちょっと驚いただけだ」

「驚かせてしまって申し訳ありません」

少し困った様子で、ソーニャは笑顔を覗《のぞ》かせる。

エドガーが驚いてしまった、というのは事実だ。

ソーニャは今まで一度もこんな冗談《じょうだん》を言ったことがなかったからだ。

そんな冗談《じょうだん》を口にしてしまうほど、狩りに同行することを待ち望んでいたのだろうか。

だが、そう自問してもう一度「あり得ない」と自分に呆《あき》れてしまった。

「……はあ。ちょっと待っててくれ。アランのアイテムボックスから弓を取ってくる」

「はい、承知いたしました。お気をつけて」

ソーニャが深々と頭《こうべ》を垂れる。

その表情はいつもと同じ、かすかな微笑《ほほえ》みを湛《たた》えている。

エドガーは、事の真相を直接ソーニャに訊《たず》ねてみたいという欲求にかられてしまう。

だが、すぐに気がついた。ソーニャの口から肯定否定、どちらの言葉が出たとしても、それが事実なのか確かめようがないということに。そしてエドガーは、「馬鹿らしい」と胸中で吐《は》き捨て、ドラゴンズクロンヌの世界を一旦《いったん》ログアウトした。

＊＊＊

「申し訳ありません、もう一度お聞きしてもよろしいでしょうか？」

「アランのアイテムボックスにソーニャにぴったりな弓がなかったから、今から作ろうかと思ってる」

「今から、ですか？」

「そうだ」

「それで……ここに？　私はてっきりラバスタ林地に向かっているとばかり……」

照りつける太陽。黄金のように輝く大地。

先ほど立ち寄った街で馬を借りたふたりが辿《たど》り着いた場所は、ラバスタ林地ではなく、遠く離れたミューンと呼ばれる村の入り口だった。

ミューンは、グランドマップ中央付近に位置するエリア「ヴェルン大公国」のはずれにひっそりと佇《たたず》む、砂漠に囲まれた小さな村だ。

ヴェルン大公国エリアは、北部の高レベルプレイヤー向けのエリア「マグダ魔王直轄領」にほど近く、この世界で最も人口密度が高いエリアだ。

だが、ミューンに滞在しているプレイヤーは少ない。

行商人ＮＰＣや、オークションハウス、それにストーリーイベントが用意されているヴェルニュートという巨大な都市がすぐ近くにあり、プレイヤーたちはそちらを利用しているからだ。

「それに、前からミューンは下見したいと思っていた」

「下見、ですか？」

「ああ。動画配信する場所にぴったりだろ？」

誰もいないからこそ、利用価値がある。誰にも邪魔されずに動画配信ができる貴重な場所として、エドガーはミューンを配信場所候補に入れていたのだ。

「それにｗｉｋｉで調べたんだが、ここのブックショップには、市販されている中でそこそこコストパフォーマンスが良い弓のレシピが売ってると書いてあった」

「でも、エドガー様のご友人が襲われたのは、ラバスタ林地ですよね？」

「寄り道と言いたいのか？」

「かなりの遠回りなのではないかと言いたいのです」

「確かにそうだが、ファストトラベルを使えば一瞬で帰れる。問題ない」

ケロリとエドガーが言う。

ファストトラベルは、そのアバターで一度行ったことがある街やダンジョンなどに一瞬で飛ぶことができる便利な機能だが、距離によってゲーム内通貨が必要になる。

ミューンからクレッシェンドにファストトラベルするには、かなりのお金が必要だった。

「ファストトラベルを使えば時間はかかりませんが、お金がかかります。エドガー様はここに来るまでにもすでに結構なお金を使われていますよね？」

ソーニャが言うとおり、エドガーでは来たことがないミューンに到着するまでに、相当な額のゲーム内通貨を使っていた。

まず、港町クレッシェンドからヴェルン大公国エリアの都市グランホルツまで海路で向かい、そこから定期的に出ている駅馬車を使い、ヴェルニュートへ。

そして、ヴェルニュートで馬を借り、陸路でミューンに向かうという長旅だ。

さらにファストトラベルで帰るとすれば、それだけで二ランクは上の装備を揃えることができる金額になる。

ドラゴンズクロンヌをスタートしたばかりのプレイヤーは例外なく貧乏だ。

高額で取引されているアイテムを落とすＭｏｂを狩ることもできなければ、ダンジョンの奥深くまで探索することもできないからだ。

しかし、エドガーは違った。

彼の手元には、ゆうに十回は今と同じことを繰り返せるほどのお金があった。その資本の出どころは他でもない、使い切れないくらいのゲーム内通貨を所持している、アランだ。

「大丈夫だ。ソーニャも知ってるとおり、お金は腐《くさ》るほど持っている」

「エドガー様、私が申し上げたいのは、そうではなくて、お金は使うべきところに使うべきだと思うのです。例えば、より強い装備を買ったり」

「だから……使うべきところに使っている」

微笑《ほほえ》みを携えながら答えるエドガー。

その言葉に、ソーニャは目をぱちくりと瞬《また》かせた。

「……私の装備が使うべきところだと仰《おっしゃ》りたいのですか？」

「もちろんそうだ」

「冗談《じょうだん》はやめてください。エドガー様」

「だって君は元弓士兵だろ？　本来のポテンシャルを出してもらうためには、装備を整える必要がある」

「……ッ！」

ソーニャはエドガーが言いたいことに気がついたのか、ふと息を呑《の》んだ。

自分はヴェルン大公国の弓士兵だったたと、エドガーをからかったソーニャ。

この冗談《じょうだん》はエドガーなりの仕返しだった。

「ふふ、私の負けです、エドガー様」

ソーニャは「降参です」と言いたげに、くすぐったそうに笑顔をこぼす。

彼女の表情を見る限り、仕返しは成功したと考えていいだろう。

さらりと言えたのは、我ながら素晴らしいとエドガーは自賛する。

「よし。復讐に成功したところで、ブックショップに行こうか」

「承知しました」

そう言ってふたりは馬を下りると、馬留めに馬をつなぎ、ミューンの中へと足を進めた。

村というよりも、集落程度の広さのミューンには、数えるほどの建物しかない。

だが、村を流れる空気は、砂漠地帯特有の乾燥したものではなく、まるでここが砂漠の中だということを忘れてしまいそうな、しっとりとした心地いいものだった。

その理由は、この村を訪れた者であればひと目でわかる。

ゆらゆらと揺れる湖面の反射が、まるで太陽の欠片《かけら》をちりばめているかのように見えるオアシス――

心地よさの原因は、村の中央に広がるミューンの代名詞と言える美しいオアシスだった。

「いらっしゃい。レシピをお探しかな？」

穏やかな男の声がエドガーたちの耳をくすぐる。ふたりが訪れたのは、美しいオアシスのほとりに静かに佇《たたず》むブックショップだった。

砂漠の町らしい黄色い石で作られた石造建築は断熱性が高いようで、外よりもさらに涼しかった。

「弓のレシピを探している」

「ウチに置いてる中で一番上級なのは【長弓生成書Ⅲ】だね。生成できるのは侍のアンタには装備できない【長弓武器】だが？」

「構わない。装備するのは彼女だからな」

隣のソーニャにちらりと視線を送るエドガー。

各クラスが装備できる武器には制限がある。

弓を装備できるクラスは、遠距離戦を得意とする「弓士《アーチャー》」だけで、さらにその弓にも様々な種類があった。

ロングレンジで単発火力が高いが、連射が難しく装備中は歩速が遅くなってしまう「長弓」。逆にショートレンジで単発火力が低いが、連射ができる「短弓」。そして弓と違い山なり射撃ができず、射程距離が短いが短弓よりもさらに多くの連射が可能で、命中率が高い「ボウガン」だ。

ソーニャはスキルが使えず火力に乏《とぼ》しいため、少しでも単発火力が高い長弓を使ってもらおうとエドガーは考えていた。

「へえ、コンパニオンに装備を作ってやるなんて……アンタ好き者だね」

「す、好きも……ッ！」

邪《よこしま》な笑みを浮かべるブックショップの店主に、エドガーは軽く殺意が湧《わ》いてしまった。

ちなみに、コンパニオンとはサポートＮＰＣの別の呼び名だ。

同伴者として狩りをともにするサポートＮＰＣは、コンパニオンという名前で呼ばれることが多い。

「まあ、アンタのコンパニオン見る限り、気持ちはわからんでもないな」

「そ、それはどうも」

エドガーは受け取った【長弓生成書Ⅲ】をアイテムインベントリにしまうと、にやけた顔の店主から逃げるようにブックショップを後にした。

そして、続けて向かう素材屋をマップで確認する。

【長弓生成書Ⅲ】で生産できる長弓「コンポジットボウ」は、市販されているレアリティが低いコモンからアンコモンクラスの素材で生成可能な弓だ。

必要素材は素材屋ですべて手に入れることができる。

「エドガー様は『好き者』なんですか？」

「……ぶっ！」

突然ソーニャが言い放った言葉に、エドガーは思わず噴き出してしまった。

「好き者とは『性的な欲求が強い人』という意味だとデータベースにありました。同じ意味を持つ言葉に『助平《すけべい》』『エロ爺《じじい》』『好色家』『色好み』——モゴ」

「ちょ、まて、ストップ！」

慌《あわ》ててエドガーはソーニャの口を押さえる。

ここが人気《ひとけ》の少ないミューンで良かったと、エドガーは心の底から安心した。

「いいか、ソーニャ、そのことはもう口にしないように」

「……はい、承知いたしました」

首を傾《かし》げながらも、慌《あわ》てふためくエドガーの言葉に従うソーニャ。

まさかソーニャを狩りに同行させることにこんなリスクがあるとは考えもしなかったエドガーは、

重苦しいため息を漏らす。そしてプレイはひとりが気楽で良いと改めて思うのだ。

いつソーニャがふたたび爆弾発言をしないかと怯《おび》えつつ、エドガーは素材屋に足を向ける。

だが、エドガーは知らない。

静かに後を追いかけるソーニャの学習プログラムに、しっかりと「エドガー様は好き者」という情報が追加されたことを。

＊＊＊

「綺麗《きれい》な弓ですね」

「そんなに上級の物じゃないが、レア素材を使わない中では良い方だと思う」

「それに、このような防具まで」

「まあ、市販されているやつだから、そんなに性能は良くないが」

エドガーがソーニャに渡したのは、生産したコンポジットボウだけではなかった。

革で作られたモスグリーンの「レンジャージャケット」に肩当てと肘当てがついた「レンジャースポールダー」、片膝をついて射撃ができるように片方だけ膝当てがついた「レンジャーポレイン」——

趣味で与えていたゴシックロリータのドレスは戦闘向きではないため、エドガーが武器とともに与えたのは、弓士《アーチャー》用の防具一式だった。

「よし、それじゃあ戻ろうか」

「はい」

クレッシェンドを経由して、すずたちが襲われたラバスタ林地へ。

この装備であれば、フォレストゴブリンも、ソーニャだけで倒せるだろう。

メニューを開き、ファストトラベルを選択しようとした、そのときだった。

「だ・か・ら！　無理だっつってんだろッ！」

時折放たれるＮＰＣたちの談笑する声が心地よい風によって運ばれてくるだけの静かなミューンに、突然鳴り響いたのは男の怒号だった。

「そ、そこをなんとか！　戻ったらお金は必ず返しますから！」

「だったらアンタのフレンドに頼めばいいだろが！　俺に頼むことがお門違《かど》いっつってんの！」

騒ぎの現場はブックショップのすぐ近く、オアシスの辺りにある一軒のよろず屋だった。

店の入り口に見えるのは、仁王立ちしている店主らしきオヤジと、幼い少女。

どうやら店主に追い出されたらしき少女は、ウサギ耳を持った「ＵＳＡ」という名のプレイヤーだった。

その半獣のアバターは、モーム種という。

メグのエルフ種やティンバーのデーモン種、エドガーのような人間種と違い、モーム種は幼い姿が成人した状態であり、ドラゴンズクロンヌのマスコットキャラとも言える種族だった。

「フレンドいないんですよっ！　このままじゃ私、クレッシェンドに帰れませんよぅ……」

「知るかボケッ！　恨《うら》むならそんなレベルでここに来た自分の無計画を恨《うら》め！」

「ひんっ……」

ウサギ耳をしなりと垂れさせ、うなだれるモームの少女。

「何の騒ぎなのでしょうか」

「あれは……アレだな」

店主とモーム種の少女のやりとりを聞いて、エドガーはピンと来た。

推測するに、彼女はクレッシェンドに戻れなくなったのだ。

それは、レベルが上がりはじめ、Ｍｏｂを倒すことが楽しくなってきた時期の初心者プレイヤーによく起きる事故だった。

Ｍｏｂの強さは、エリアを跨《また》ぐことで激変するのが常なのだが、それを知る由《よし》もない初心者プレイヤーは、勢いに乗って遠出してしまうことが多い。

そして、逆立ちしても勝てないＭｏｂに襲われ、近くの街に命からがら逃げ込むことになるのだ。

周りを恐ろしいＭｏｂに囲まれている街でも、お金があればファストトラベルで拠点の街に戻れる。だが、もしなかった場合はもう一度Ｍｏｂの中を走り抜けるか、Ｍｏｂに殺されこれまで手に入れたアイテムを無駄にしてホームハウスに戻るしかなくなる。

あのモームの少女が犯してしまった失態がそれなのだ。

「まあ、あの店主が言っているとおり、自業自得だな。行こうソーニャ」

「エドガー様、ＵＳＡさんは困っていらっしゃるようです。一緒にファストトラベルしてはいかがでしょう」

「……なんだって？」

ソーニャから放たれた言葉に、エドガーは耳を疑う。

「なんで俺が見知らぬプレイヤーを助ける必要がある。それに、死ねばホームハウスには戻れる。アイテムと装備はなくなってしまうが、この街に閉じ込められることはないだろう」

「でも、エドガー様と同じ侍ですし、ステータスを見る限り、始めて間もない方のようですよ」

「……侍？」

ソーニャの一言にぴくりと反応したエドガーはメニューを開き、よろず屋の前で途方に暮れているモームの少女のステータスを確認する。

確かに少女は、エドガーと同じクラス「侍」だった。

防具は侍らしくない布製の防護服「クロースアーマー」だが、腰に差しているのは紛《まぎ》れもなく刀。

彼女の身体のサイズにあった、可愛《かわい》らしい刀だが。

「この自己紹介を見てください」

同じくモームの少女のステータスを見ていたソーニャがぽつりとこぼした。

ステータス画面の最下部。自己紹介という形でコメントを残せる部分がある。

そこに書いてある少女の自己紹介文を読んだエドガーは、心が重くなってしまった。

「アランさんに憧《あこが》れて侍で始めました――って、エドガー様のファンの方ですね」

「……クソ」

思わず悪態をついてしまうエドガー。

アパレル雑誌やゲーム雑誌など、マスメディアに露出することもあるアランに憧《あこが》れてドラゴンズクロンヌを始めたというプレイヤーは少なくない。

そして、現実世界がボッチだからこそ、エドガーは自身を慕《した》ってくれるような、そういう言葉にめっぽう弱いのだ。


「おい」

「……ッ⁉」

突然声をかけられ、モームの少女はびくりと身をすくめた。

「クレッシェンドに帰れなくなったのか？」

「え？　ええっと……はい。実は……」

オドオドと怯《おび》えつつも、こくこくと何度も頷《うなず》くモームの少女。

「俺たちはこれからクレッシェンドにファストトラベルするつもりなんだが……まあ、なんだ。もし良かったら一緒に連れていってやろうか？」

「……ッ！　本当ですか⁉」

ファストトラベルを使った際にゲーム内通貨のマニラを支払うのは、パーティリーダーであるエドガーだ。つまり、お金がなくても、エドガーとパーティを組めば、少女はクレッシェンドに戻れるということだ。

「で、でも、私、今手持ちありませんよ？」

「構わない。お金は必要ない」

「あ、でも、ここまで狩ってきたＭｏｂの素材ならあります！」

そう言ってモームの少女はアイテムインベントリから「サーベルキャットの牙」「リザードマンの鱗《うろこ》」「イワクイムシの角」を山ほど取り出した。どれもがクレッシェンド近辺で出現するＭｏｂがドロップする素材だ。

店で売っても二束三文にしかならない、レアリティが一番低いコモンクラスの素材。

はっきり言って、要らない。

「いや、必要ない。疑われても仕方がないが、単なる善意だ」

「え、ええっ!?」

モームの少女が、うさぎ耳をぴょこんと立たせて全身で驚く。

なんとも可愛《かわい》らしい仕草に反応してしまいそうになったエドガーだが、間一髪自制した。

「そ、そんな……本当に？」

もじもじと身をくねらせながら、モームの少女はちらりと上目づかいでエドガーを見上げた。

わざとやっているのではないか、とエドガーは訝《いぶか》しんでしまう。

ドラゴンズクロンヌのマスコットキャラと呼ばれている種族は、やはりひと味違う。

モーム種のこういった仕草にやられてしまうプレイヤーも多いらしい。

確かに凄《すご》く可愛《かわい》い。

「ああ、構わない。ええと、USA？」

「はわ～、本当にありがとうございます！　よろず屋の店主さんに『ツケで回復アイテムを渡せるか！』と言われてどうしよう、って困り果てていたんです」

さっきのよろず屋の店主に怒鳴《どな》られていたのは、アイテムを後払いで売ってほしいと頼んだからか。NPC相手にそんなことできるわけないだろう、とエドガーは思わずツッコミを入れたくなってしまった。

「え？」

「貴方《あなた》は命の恩人です！　だけど……あの、私の名前はUSA《ウサ》です」

「ウサです。ウサギのウサ」

「……ああ」

それもそうか、とエドガーは納得してしまった。

どうでもいいが、名前にユーエスエーなんて付ける奴はいないか。

「エドガーさんもクラス『侍』なんですね。エドガーさんは大丈夫でした？」

「大丈夫って、何が？」

「例の侍狩りですよ」

ウサの口から放たれた思いもしない言葉――エドガーは一瞬固まってしまった。

「なんだって？」

「私、ミューンに来てしまった理由が、例の侍狩りに追われていたからなんですよ。ここに来る途中で襲われなかったですか？」

「……ッ！」

思わず息を呑《の》むエドガー。

ウサは侍狩りに襲われてミューンに逃げてきた。ということは、すずたちを襲ったあの侍狩りは、この近く——少なくともこのエリアにいるということだ。

「すまん、その件、詳しく教えてくれないか」

「……え？」

突然エドガーに真剣な眼差《まなざ》しを向けられたウサは、可愛《かわい》らしいきょとんとした表情を浮かべていた。

＊＊＊

アパレルブランドに勤めるウサこと「柊《ひいらぎ》由佳子《ゆかこ》」がドラゴンズクロンヌを始めたのは、一カ月前だった。始めたきっかけは、本屋で読んだアパレル雑誌のとある記事——

話題のＶＲＭＭＯゲーム「ドラゴンズクロンヌ」の人気実況プレイヤーでありながら、ゲーム内アバターでアパレルブランドＤＩＣＥのモデルも務めるというアランの特集記事だった。

そこでアランを知った由佳子は、もともとサブカルチャーが大好きだったこともあり、すぐにアランのブログやＳＮＳをチェックした。そして、それらを読破する頃にはすっかりドラゴンズクロンヌとアランのファンになってしまっていた。

その勢いのまま、UnChainを購入し、ドラゴンズクロンヌで作ったキャラクターのクラスに設定したのは、もちろん侍。

そして、小動物が好きな由佳子が悩むことなく選んだアバターは、ウサギの獣人であるモーム種だった。

「それで、名前は本名そのままだとまずいかなあ、と思ってウサギのＵＳＡにしたんです」

「……なるほど。だが、リアルの話はそれくらいにしておいた方が良いと思うぞ」

「え？　どうしてです？」

ウサは小さく首を傾《かし》げる。

初めて会った男にさらりと現実世界のことを暴露してしまう時点で、本名云々《うんぬん》の警戒心は無意味だということに気がついていないのだろう。

その純粋無垢《むく》な表情に、説明しても理解してもらえないような気がしたエドガーは「どうしてもだ」と一言返してやった。

「ところで、ウサさんは今までソロプレイを？」

「この子《コンパニオン》と一緒ですよ。まだ全然強くないですけど」

「可愛《かわい》い。動物型のコンパニオンなんですね」

ふわりとソーニャの表情から笑みがこぼれる。

ウサの背後からおそるおそる顔を覗《のぞ》かせていたのは、一匹の黒い猫だった。

「モモっていう名前なんです。ほら、モモ、ソーニャさんとエドガーさんに挨拶《あいさつ》して」

「……こ、こんにちは」

「はい、こんにちは」

怯《おび》えつつも、小さな頭をぺこりと下げる黒猫のモモに、ソーニャは深々と頭を下げた。

サポートNPCの姿は、自身のカスタマイズ以上にいろいろな設定が可能になっている。

ソーニャのような人型から、モモのような猫型に犬型、鳥型、中には現実世界には存在しない精霊タイプのサポートNPCまである。

「それで、侍狩りについて教えてくれないか？」

「あ、話がそれちゃってすみません。侍狩りに襲われたのは、モモとMobを狩りながらクレッシエンドの北のエリアに入った後でした」

「クレッシエンドの北……サラディン盆地か？」

そう問いかけるエドガーに、ウサは頷《うなず》いてみせた。

「呆《あき》れた。君はそのレベルでサラディン盆地に入ったのか」

ウサのレベルは十一だ。

そのレベルでサラディン盆地に行くのは、はっきりいって自殺行為だった。

サラディン盆地エリアは、その名のとおり周囲を山に囲まれたエリアで、クレッシェンド地方よりも一回り以上レベルが高いMobが現れる。

山の向こうにあるヴェルン大公国を目指す低レベルプレイヤーをことごとくホームハウス戻りに

させることから「鬼門エリア」と恐れられているエリアだ。

「モモとふたりなら、クレッシェンド地方のＭｏｂには余裕で勝てるくらいになっていたので、サラディン盆地のＭｏｂも行けるかな、と思ったんです」

「だが、歯が立たなかった」

「う～……そのとおりです。クレッシェンドで回復薬とか元気薬《スタミナ》とかを買い込んでいたんですが、サラディン盆地の最初の戦闘でほとんど使ってしまって……」

「言っとくけど、俺はやめろって言ったんだぞ？」

と、エドガーとウサの会話を遮《さえぎ》ったのは、ちらちらとウサの陰から覗《のぞ》いているモモだ。

「なのに、ご主人と来たら『ヘーキだ』って聞かないから」

「うぅ……ゴメンよぅ。私が悪かったよぅ」

しなり、とウサの耳が垂れる。

「まあ、気にするな。初心者プレイヤーにはよくあることだ。それで？」

「……それで、ミューンに逃げようと思ったんです。少し西寄りにいたので、クレッシェンドに戻るよりも、このまま進んでミューンに行った方が生き残れるかもしれないって。死ぬほど走りました。スタミナも体力もギリギリだったんですが、残っていた回復アイテムのお陰で奇跡的にエリアを跨《また》ぐことができたんです。でも――」

そのときの恐怖が蘇《よみがえ》ったのか、ウサは静かにうつむき、伏目がちに続ける。

「ヴェルン大公国エリアに入った瞬間、あの人がいたんです」

「あの人？　……侍狩り？」

ウサがこくりと頷《うなず》く。

「ひと目で私よりレベルが高いプレイヤーだとわかりました。その人が私を見るなり、いきなり襲いかかってきたんです」

「そのプレイヤーは魔術師《ウィザード》？」

「はい。デーモン種の魔術師《ウィザード》でした」

「名前は覚えているか？」

「いいえ」

小さく首を横に振るウサ。

逃げることに必死で、相手の名前など確認する余裕はなかったのだろう。

惜《お》しいと思いつつも、エドガーはウサの話に手応《てごた》えを感じた。

すずを襲ったティンバーはデーモン種の魔術師《ウィザード》だった。

ウサを襲った相手も同一人物の可能性が高い。

「ウサ、ありがとう。助かったよ」

「い、いいえ、そんな。私こそ戻れなくてどうしようか、ほとほと困っていたところなので」

小さく頭を下げるウサ。

そして、エドガーはアイテムインベントリを開くと、とある物をウサに渡した。

「ふぇっ!?　エ、エドガーさん!?」

受けとったウサの両耳が、吹き飛んだかと思うほどにはね上がった。

エドガーが渡したのは、手持ちの全財産。その金額は一万マニラ以上で、間違いなく大金。

ここからクレッシェンドまでファストトラベルするために必要な金額のおよそ十倍以上の額だ。

「こここ、これは何ですか⁉」

「俺たちはこれからその場所へ向かうことにする。一緒にファストトラベルはできないが、そのお金があれば君ひとりでも戻れるだろう」

「だっ、だだ、駄目デス！　こんな大金、もらえませんよっ‼」

驚くとそうなってしまうのか、ウサのウサギ耳が一回り大きく膨張《ぼうちょう》した。

「気にするな。侍狩りの情報を提供してくれた報酬《ほうしゅう》だと思ってくれて良い」

「……うぅ」

渡されたお金を握りしめたまま、塞《ふさ》ぎこんでしまうウサ。

エドガーにとって、今重要なのはお金ではなく一分一秒の時間だった。

ウサと一緒にクレッシェンドにファストトラベルして、もう一度ミューンに戻っても良いが、ウサを襲った魔術師《ウィザード》が姿を消す可能性がある。

優先すべきは、ウサが襲われたという場所にすぐに向かい、痕跡《こんせき》を探ること。

その時間はどんな大金を積んだとしても買うことはできないものだ。

そして、エドガーが別れの挨拶《あいさつ》を言おうとした瞬間――

「エドガーさんッ！」

「……ッ⁉　な、何？」

ウサは意を決したように立ち上がると、きつく握りこぶしを作り、怒鳴《どな》り散らすように言い放った。

「このお金は、私を用心棒として雇ったということにさせていただきます！」

興奮気味に語るウサ。

だが、何を言っているのかわからないエドガーとソーニャは、思わず目を丸くしてしまった。

「ど、どういう意味だ？」

「つまり……私も同行します！　そして一緒にクレッシェンドに戻りましょう！」

「ごっ、ご主人⁉」

思わずモモがウサの足にしがみつく。

「必死の思いでここまで逃げてこられたのに、またあの魔術師《ウィザード》と対峙する⁉　馬鹿でしょ！」

「私に救いの手を差し伸べてくれたエドガーさんたちだけを行かせるわけにはいかないでしょっ！　それに、このお金でしっかりと準備をすれば、あの魔術師《ウィザード》に勝つ見込みは十分にあるはずっ！　……って、ちょっと、離してよ！」

足にしがみつくモモを必死に引き剥《は》がそうとするウサだったが、モモも主人を行かせまいと、しがみついたまま離れない。本人たちは必死なのだろうが、はたからすると、黒猫と少女がじゃれあっているようにしか見えない。

「だけどな……モモの言うとおり、自殺行為だぞ？」

「私、侍ですよ！　ちゃんと戦力になります！」

「いや、しかし、だな」

ウサを見るエドガーの視線は、頼れる戦士を敬仰《けいぎょう》するものではなく、幼い子供を見るようなそれ。姿は子供だが、その力は計り知れず――というわけではないのだ。

「お願いしますよぉ、エドガーさん。私に手伝わせてくださいよぉ！」

何かを察知し、擦《す》り寄るウサは、まるでおもちゃをねだる子供にしか見えない。

さらに面倒なことになってしまった、とエドガーは頭を抱えてしまう。

もし、魔術師《ウィザード》と戦うことになったとしても、これまでの知識とテクニック、そしてソーニャのサポートがあれば、エドガーには勝つ自信があった。

だが、ウサとモモがついてくるとなれば話は変わる。

ウサの前で、おいそれと月歩を使うわけにはいかないし、ウサを守りながら戦うという条件が加わると、状況は魔術師《ウィザード》に有利に動く可能性があるからだ。

「エドガー様」

そして、そんな矢先だった。

困り果てていたエドガーの耳に飛び込んできたのは、ソーニャの声だった。

「ウサさんとご一緒しましょう」

「……えっ？」

ソーニャの一言に、きらりと笑みが浮かぶウサとは対照的に、エドガーはぎょっと一驚《いっきょう》してしまった。

「お、おい、ソーニャ？」

「パーティは多い方が良いですし、回復薬をいただけるなら、私が回復役《ヒーラー》として立ち回らせていただきますよ」

「ソーニャが回復役《ヒーラー》……？」

「ウサさんの体力管理くらいなら、できます」

その言葉に、エドガーは出かかっていた反論する言葉を喉奥《のどおく》へと押し戻した。

確かに、ソーニャに回復役《ヒーラー》をやってもらえれば、ウサは攻撃に専念することができる。

ウサの動き次第で、月歩や目立つテクニックを駆使することなく、魔術師《ウィザード》に勝つ可能性はある。

「……ウサ、もし魔術師《ウィザード》と戦闘になったとして、勝てる見込みは五分五分だ。それに途中でＭｏｂに襲われて終わりって可能性だってある。それでも君は来るというのか？」

ある意味脅《おど》し文句ともとれる言葉をエドガーは口にした。

ウサの決意のほどを確かめたかったからだ。

「大丈夫です！　これも何かの縁ですから！」

だが、そんな脅《おど》しに屈する様子もなく、ウサは自信満々に答える。

出会えたのは、何かの縁。

エドガーはそういったものはあまり信じない質《たち》だ。だが、来る予定のなかったミューンで侍狩りの情報を持っていたウサと出会えたのは、まさしくその「縁」ではないだろうか。

「わかった。一緒に行こう、ウサ」

「ほっ、本当ですか⁉」

「そのお金で回復薬と元気薬《スタミナ》をありったけ買ってきてくれ。それと、馬をもう一頭レンタルで」

「ラジャっす！　行くよモモ！」

善は急げ、と言いたげに勢いよく駆け出すウサとモモ。

そんな「ひとり」と「一匹」をエドガーはぼんやりと見送る。

「ふふ、賑《にぎ》やかになりましたね」

「求めていない賑《にぎ》やかさだが」

嬉しそうにくすくすと忍び笑いを浮かべるソーニャに、エドガーは小さく肩を落とす。

どうしてこんなに面倒なことになっていくのか。

以前の気楽なソロプレイヤーだったときのことを思い出し、エドガーは遠い目をしてしまう。

「元気を出せ」と言いたげに、オアシスの冷えた心地よい空気を乗せたミューン特有の風が、ふわりと頬《ほお》を撫《な》でていった。

＊＊＊

多くのプレイヤーが同時に参加するＭＭＯゲームは、オフラインゲームと大きく異なる部分がある。

そのひとつが、ゲーム内の時間の概念だ。従来のＲＰＧの場合、ゲーム内の時間をスキップできる機能が備わっている場合がある。だが、多くのプレイヤーがひとつの世界でプレイしているＭＭＯゲームの場合は、そうはいかない。

例えば、ゲーム内の一日が現実世界の三十分に設定されている場合は、どうあがいても次の朝を迎えるには三十分待つしか方法はないのだ。

「朝になるの待ってた方が良かったですかねえ」

天に昇った黄金《こがね》色に輝く月を望みながら、馬の背に揺られるウサはぽつりとそうこぼした。

ミューンを出発してから、はや一時間。

先程まで大地を照らしていた太陽は姿を消し、辺りはすっかり深い闇に覆われていた。

「大丈夫ですよ。サラディン盆地との境目に到着する頃には陽が昇っていると思います」

そう答えたのはソーニャだ。

「え……そんなにかかるんですか？　私がミューンに逃げ込んだときはあっという間だったのに」

「それは、強引にフィールドの中央を突っ切ってきたからだろう。Ｍｏｂが徘徊《はいかい》している中央部を突っ切るのは、はっきり言って自殺行為だ」

「……う」

ちくりと刺すエドガーの言葉。返事に窮《きゅう》したウサはせめてもの反撃と言わんばかりに唇《くちびる》を尖《とが》らせた。

エドガーは自らの言葉どおり、比較的Ｍｏｂが少ない西側を経由してサラディン盆地を目指していた。途中Ｍｏｂに絡まれてしまえば、その場で戦うか、サラディン盆地につながるエリア境目地点で戦わざるを得ない状況になってしまう。

そして、もしエリア境目付近に魔術師《ウィザード》が待ち構えていた場合、Ｍｏｂと魔術師《ウィザード》に挟撃されてしまう可能性が高い。

「ところでエドガーさんって、なんでこんなにヴェルン大公国エリアに詳しいんですか？　私とそんなに変わらないレベルなのに」

ウサが話を別のところへと跳躍《ちょうやく》させる。

「一度引退したんだが、いろいろあってまた最初からプレイしている」

「へ？　エドガーさん、再開組だったんですか⁉　どうりでなんか凄《すご》く落ち着いた感じだと思ってたんです」

納得しました、と笑顔を覗《のぞ》かせるウサ。

だが、エドガーは辟易《へきえき》した表情で、視線をウサから正面に戻した。

落ち着いてるのではなく、単純に人とコミュニケーションを取りたくないだけなのだ。

「引退する前、クラスは何でプレイしてたんですか？」

「侍だ」

「侍！」

背後のウサが何やら嬉々《きき》とした声を上げる。

確認する必要もなく、ウサのウサギ耳は嬉しそうにピンと直立しているだろう。

「エドガーさんも、アランさんのファンだったりするんですか⁉」

「……侍というだけでなぜそうなる」

「はあ～、テクニックもそうですけど、アランさんはクールでカッコよくて、最高ですよね～」

ツッコミを無視し、ため息交じりでアランに対する想いを吐《は》き出すウサに、エドガーは背中がむず痒《がゆ》くなってしまった。これまで何度もファンに同じようなことを言われたが、未《いま》だにどういう反応をしたら良いかわからなかった。

以前、動画配信中に出くわしたプレイヤーからファンだと声をかけられたときには、そのプレイヤーのSNSに「アランは無愛想で生意気な奴だった」と書かれてしまうくらい、淡白な対応しかできなかった。

DICEのスポンサードを受けている以上、ドラゴンズクロンヌ内ではもっと愛想よくしないと駄目だと己を戒《いまし》めるエドガーだったが、何度経験しても満足の行く対応はできないでいた。

「私はエドガー様も同じくらいカッコイイと思いますよ、ウサさん」

何を思ったか、突然言葉を重ねるようにソーニャがとんでもないことを言い放つ。

思わずじろりと睨《にら》みつけてしまったエドガーだったが、ソーニャはけろりとした表情を返してくるだけだった。

「エドガー様は見知らぬ人でも困っていたら力を貸す、優しい方です」

「まあ、確かに見知らぬ私にポーンと大金を渡すくらいな人ですからね。エドガーさんもなかなかイカした人だと思いますけど。というか、私と同じくらいのレベルなのに、なんであんな大金持ってたんですか？」

歯が浮くような発言をするソーニャと、返答に困る質問を投げかけるウサに、エドガーは苦悶《くもん》の表情を浮かべてしまう。

これはさっさとあの魔術師《ウィザード》の正体を調べて、クレッシェンドに戻った方が良さそうだ。

「……急ぐぞ。遅れたら置いていくからな」

エドガーが馬の歩法を常歩《なみあし》から駈歩《かけあし》へと変え、歩速を速める。

ぐん、とエドガーの後ろ姿が小さくなり、夜の闇に溶け込んでいく。

「エドガー様」

「あっ！　ちょっと！　待ってくださいよ！」

取り残されてしまったふたりは慌《あわ》てて手綱《たづな》を引くと、急いでエドガーの後を追う。

闇の向こうにうっすらと見える風景は、いつの間にか砂漠地帯から山岳地帯へと変わっている。

東の空には薄白い明るみが広がっていた。

＊＊＊

エドガーたちがその場所に到着したのは、予想どおり朝日が山間《やまあい》から顔を覗《のぞ》かせた時間だった。

乾燥していた空気は湿り気を含み、気温もミューンよりかなり低い。

通常のフィールドと違い、山岳地帯はダンジョンと同じと考えて良い場所だった。

歩ける場所は少なく、道はほぼ一本道。

ゆえに、Ｍｏｂと遭遇した場合には、ダメージを覚悟して駆け抜けるか、留まって戦うしかなくなる。

「念のため確認するぞ。ウサが襲われた場所は、エリアの境目ギリギリで間違いないか」

「はい。間違いないです」

「間違いないね」

即座にウサとモモが答える。

ドラゴンズクロンヌは、これまでのＭＭＯゲームとは比較できないほどの膨大なデータをやりとりする必要がある。ゆえに、エリアに境目がないオープンワールド型ではなく、エリアごとに区切られた従来の方式をとっている。

エリアの端まで来たプレイヤーは、自動的に別のエリアへジャンプすることになる。

それが「エリアチェンジ」と呼ばれるものだ。

ウサの話を聞く限り、襲われたのはヴェルン大公国とサラディン盆地のエリアチェンジ付近だろう。つまり、サラディン盆地からエリア移動してきて、アバターがこのエリアに表示される瞬間を狙って侍狩りは襲いかかってきたことになる。

「となると、魔術師《ウィザード》はエリアチェンジ付近で通りかかる侍を待ちぶせしている可能性が高いな」

「サラディン盆地からこのエリアに入るプレイヤーは、初心者を卒業したくらいの方が大半で、高レベルプレイヤーが通りかかることは少ないでしょう。ＰＫ行為を仕掛けるならベストだと思います」

「よし。馬を下りて警戒しながらいく。まだその魔術師《ウィザード》が張っているかもしれないからな」

もし魔術師《ウィザード》が同じ場所にいた場合、襲いかかってくれればまだ良いが、一番面倒なのは逃げられることだ。

サラディン盆地側にエリアチェンジして身を隠した後、ファストトラベルでもされると見つけるのは至難の業《わざ》になる。そうなれば、もうこの場所に現れることはないだろう。

「――わあ、綺麗《きれい》！」

不意にエドガーの鼓膜《こまく》を揺らしたのは、遠くを指差すウサの感嘆の声だった。

その声に促されるように、エドガーはウサが指差す方向へと視線を送る。

朝もやの向こうに見えるのは、朝日でキラキラときらめいているヴェルン大公国最大の都市、ヴェルニュート。城壁の中に見える巨大な黒い城と、霞《かす》む大地のコントラストが、まるで絵画を見ているような錯覚《さっかく》を与える。

言葉では言い表せない、なんとも美しい景色だ。

すずやクラスメイトたちにこの景色を見せたら、飛んで喜ぶだろうか。

「エドガー様」

と、今度は背後からソーニャの声が放たれた。

「あれを」

ソーニャが指差した先。

そこにあったのは、いくつもの四角い宝石のような塊《かたまり》だった。

「……ッ！　あれって……プレイヤーが落としたアイテム？」

エドガーよりも先に、ウサが反応した。

エリアチェンジ箇所へと続く道に無造作に散乱していたのは、オブジェクト化したプレイヤーのアイテム。アイテムがオブジェクト化しているということは、ここでプレイヤーが死んだことを意味する。

眼下に広がる景色に心奪われていたエドガーは、スイッチが入ったかのように瞬時に戦闘モードに切り替えた。

「ソーニャはサポートの準備を。ウサとモモは周囲警戒」

「わ、わかりました！」

ウサの返事とともに刀を抜き、エドガーは散乱した不審なアイテムにゆっくりと近づいていく。

もしこの山岳地帯に配置されているＭｏｂに倒されたのであれば、オブジェクト化されたアイテムが道中にいくらか落ちていても不思議じゃない。だが、ここまで一個も落ちていなかった。

アイテムが落ちているのは、エリアチェンジぎりぎりの場所。ウサが襲われたと言っていた場所に集中している。

つまり、この場所でＭｏｂ以外の何者かに多くのプレイヤーが狩られていたということだ。

「これは、侍の装備か」

エドガーが、落ちていたアイテムのひとつをアイテムインベントリに入れる。

侍が装備できる、両手刀の「野太刀《のだち》」だ。

野太刀《のだち》は初期段階で作れる刀。装備レベルからして、持ち主は初心者を卒業したくらいだろう。

しかし、とエドガーは周囲に注意を向ける。

なぜアイテムが放置されているのだろうか。

売ってもお金にならない初期装備を放置するというのであれば理解できる。だが、回復アイテムやお金まで放置されていることから推測すると、侍狩りの目的は、お金やアイテムではない。

だとしたら、侍狩りの目的は――なんなんだ？

「エドガーさんっ!!」

突然エドガーの耳に飛び込んできたのは、ウサの叫《さけ》び声だった。

咄嗟《とっさ》に身構え、振り向いたエドガー。

視界に映ったのは、刀を構えるウサの姿。

「エドガー様、敵です」

岩の上で弓を構えているソーニャが続ける。

そして、ウサの向こう、エドガーたちが来た方向から現れたのは、例の魔術師《ウィザード》――ではなく、この山岳地帯でよく見るＭｏｂ「リザードマン・プラトゥー」だ。

「ウサ、下がれ。俺が倒す」

主に水辺に生息しているトカゲに似た人型Ｍｏｂであるリザードマン。その山岳地帯バージョンと言って良いリザードマン・プラトゥーは、「毒」の状態異常攻撃を仕掛けてくる厄介《やっかい》なＭｏｂだ。

毒状態になってしまえば、解毒魔術が使える聖職者《クレリック》がいない以上、一旦《いったん》街に戻らなくてはならなくなる。

倒すなら、ノーダメージ。少ない手数で短い時間でやるのがベストだ。

「エドガーさん！　無茶です！」

「いいか、絶対に手を出すなよ」

リザードマン・プラトゥーのターゲットとなっているウサにそう念を押すと同時に、エドガーが地面を蹴《け》る。

先ほど拾った野太刀《のだち》を【下段構え】にして、地を這《は》うようにエドガーの身体が流れる。

リザードマン・プラトゥーが唸《うな》り声を上げたそのとき、すでにエドガーの刀はその固い鱗《うろこ》を捉えていた。

【地走り】で距離を詰め、放たれた野太刀《のだち》の斬撃。

エドガーの両手に衝撃が走る。

だが、エドガーの目に映ったのは、いつもと違う地味なエフェクトだった。

「……ちっ」

手応《てごた》えはない。与えたダメージは二桁《けた》ほど。

エドガーの今の攻撃でヘイトが上昇し、リザードマン・プラトゥーは、ターゲットをウサからエドガーへと移す。

ぐるる、と喉《のど》を鳴らしながら、知性を感じさせない瞳でエドガーを睨《にら》むリザードマン・プラトウー。ぷくりと喉《のど》を膨《ふく》らませたかと思った瞬間、猛毒の唾液《だえき》【ポイズンスラヴァー】を吐《は》き出した。

食らえば持続ダメージを受ける毒状態になる凶悪な攻撃。

だが、攻撃は直線的。

左足で地面を蹴《け》り、軸をずらす。

刺激臭がエドガーの鼻腔《びこう》をくすぐると同時に、【ポイズンスラヴァー】は標的を見失い、先ほどまでエドガーがいた場所におぞましい紫色の花を作る。

「エドガーさんッ！　リザードマン・プラトゥーに生半可《なまはんか》な物理攻撃は効きませんッ！」

「わかってる」

ウサの声に、ぽつりとひとりごちるように答えるエドガー。

リザードマンの特徴は、スケイルアーマーのごとく身体を守っている、強靭《きょうじん》な鱗《うろこ》だ。

低レベルの物理攻撃では、傷ひとつ与えることはできない。

レベルが高いリザードマンを倒すには、魔術を使うのが正攻法。

だが、エドガーは知っていた。

リザードマン・プラトゥーの弱点を。

「……ハッ‼」

エドガーはもう一度【地走り】で懐《ふところ》に飛び込む。

それは刀の間合いではなく、リザードマン・プラトゥーが持つもう一つの武器である、両手の「鉤爪《かぎづめ》」の間合いだった。

間髪《かんはつ》をいれず、鉤爪《かぎづめ》が襲いかかる。

なぎ払うように、リザードマン・プラトゥーは鉤爪《かぎづめ》を右から左へと振りぬく。

「甘い」

だが、エドガーは身を反らし、ギリギリで躱《かわ》した。

鉤爪《かぎづめ》は空気を斬り裂き、エドガーの鼻先を掠《かす》っていく。

右腕を振りぬいたリザードマン・プラトゥーは、その勢いのまま身体を持っていかれるような体勢になり、重心が大きく崩れてしまった。

そこに生まれたのは、大きな隙《すき》――

「これを待っていた」

エドガーの目に映ったのは、真珠《しんじゅ》のようなリザードマン・プラトゥーの瞳。

だん、と後ろ足を蹴《け》り、体重を刀の切っ先に乗せる。

鋭い野太刀《のだち》の刃の先端が、まるでスケイルアーマーの繋ぎ目を斬り裂くように、リザードマン・プラトゥーの瞳に突き刺さった。

「ギャウッ!!」

派手なエフェクトが放たれたと同時に、リザードマン・プラトゥーの悲鳴が響き渡る。

先ほどとは桁《けた》違いのダメージが通った。

そして、追加で与えた状態異常「盲目《もうもく》」――

一定時間、攻撃命中率が極端に下がる状態異常だ。

「う、嘘!? リザードマンって物理攻撃効くんですか!?」

エドガーの背後から、ウサの驚嘆《きょうたん》の声が聞こえた。

レベルが低いときにリザードマン・プラトゥーと遭遇《そうぐう》してしまったら、なによりも逃げるのが最善の策だ。

生半可《なまはんか》な物理攻撃はすべて弾かれ、毒攻撃で全滅の危機に陥《おちい》る可能性が高いからだ。

しかし、エドガーの攻撃はそんな常識を覆《くつがえ》すものだった。

「リザードマンだけじゃない。Ｍｏｂ戦は戦い方ひとつでどうとでもなる」

エドガーは構えを【下段構え】から【上段構え】にシフトした。

クリティカル率が高い攻撃スキル【袈裟《けさ》斬り】をリザードマン・プラトゥーの首元へと即座に放つ。

そこは胴体と同じように鱗《うろこ》に覆われている箇所。

だが、エドガーが【袈裟《けさ》斬り】を放った瞬間、ダメージが通ったことを示すエフェクトが血飛沫《ちしぶき》のように舞った。

「えええっ、どうして!? どうしてダメージが通るの!?」

「低い攻撃力しか持ちあわせていないときに狙うのはリザードマンの弱点――繋ぎ目だ」

巨大な野太刀《のだち》が再び鞘《さや》の中へと収まると同時に、ぐらりと揺れたリザードマン・プラトゥーが光の粒《つぶ》へと変わり、消えていく。

「つ、繋ぎ目?」

「奴らの鱗《うろこ》は鎧と同じだ。四肢《しし》の関節部分が弱点。動きを止めるためにまず奴の目を狙い、その次に鱗《うろこ》の隙間《すきま》を狙って攻撃する」

「むっ、無理ですよ、そんなの！」

首がもげてしまうかと思うほど、ウサはぶんぶんと顔を横に振った。

侍は特殊な攻撃職だ。

防御力が高い騎士《ナイト》や戦士《ファイター》、体力がずば抜けて高い格闘士《モンク》と違い、侍は防御力が高いわけでも、体力が高いわけでもない。

侍の強みは、腕力ステータスに特化した一発の攻撃力。

ゆえに、一撃を耐えられたり避けられた場合、侍は一気に危機的状況へと陥《おちい》ってしまう。

そのリスクを抱えたまま、針の穴を通すように、鱗《うろこ》の繋ぎ目を狙う。

さらりとエドガーが言ったテクニックは、簡単なものではなかった。

「確かに練習が必要だが、必須のテクニックだ。特にソロで狩りをするのであれば」

「ご主人は『いつもソロ』だから、覚えた方がいいんじゃないか、それ？」

「……うっ、うるさい、モモ！」

ウサの耳がぶわりと膨《ふく》らむ。

いつもソロだというウサに少し親近感を抱いてしまったが、気にしているようなので流すことにした。

「ウサはまたＭｏｂが来ないか周囲警戒をしてくれ。ソーニャは俺と一緒に侍狩りの正体がわかりそうなものがないか調べてほしい」

「了解ッス！」

モモのほっぺをつねりながら、ウサが返す。

周囲に、他のリザードマンの姿はない。

だが、あのリザードマンが襲いかかってきたということは、この場所はＭｏｂが現れる場所だということを意味する。またすぐにリザードマンが現れるだろう。

集団で現れる前に、何か証拠になるものを見つけないと面倒なことになってしまう。

エドガーが少し危機感を抱いた矢先だった。

「……ソーニャ？」

いつもであれば、いの一番に返答するソーニャの反応がないことに、エドガーは気がついた。

ふと、先ほどまでソーニャがいた場所に視線を送る。

小さな岩場の上。

リザードマン・プラトゥーが現れた道。

だが、どこにもソーニャの姿はなかった。

「ウサ」

「……え？」

何か嫌な予感がしたエドガーはウサを呼んだ。

「ソーニャが消えた。周囲警戒を」

「え!?　嘘!?」

刀を再び抜き、周囲の気配を探るエドガー。

まさか、別のＭｏｂに襲われたのだろうか。

失敗した、とエドガーは小さく舌打ちする。もっとソーニャに注意を向けるべきだった。

そして、先ほどまでソーニャがいた岩の上にあがったそのときだ。

「……エドガー様っ！」

「ソーニャ！」

リザードマンと戦っていた場所から死角になる岩陰に、ソーニャの姿があった。

だが、様子がおかしい。苦しそうに首元を押さえ、何かから逃れようともがいている。

「何があった！　今行く！」

「……おおっと、そこで止まれ」

「ッ!?」

不意に、ソーニャの後ろから聞き覚えのない男の声が放たれた。

その声に、瞬時にエドガーの周囲の空気に警戒色が滲《にじ》む。

「お前の立ち回り、なかなかのモンだな？」

「あんたは……？」

ソーニャの後ろから現れたひとりの男。

藍色《あいいろ》のフード付きローブを羽織《はお》った魔術職らしき風貌《ふうぼう》の男だ。

フードから覗《のぞ》く猫のように鋭い瞳孔《どうこう》から察するに、デーモン種だろう。

「あっ！　あいつ、あいつですよ、エドガーさん！　私を襲った奴！」

興奮気味にソーニャの後ろに立つ男を指差したのはウサだ。

「この男が？　間違いないか？」

「間違いない！　忘れもしないデスよ！」

ぎり、と歯ぎしりをしながら怒りに満ちた視線をぶつけるウサ。

ウサの怒りに満ちた表情を見る限り、間違いないだろう。

だが、エドガーは少し落胆してしまった。

ウサを襲ったプレイヤーは、すずたちを襲った魔術師《ウィザード》、ティンバーではなかったからだ。

プレイヤーの名は朧《おぼろ》。

確かにすずたちを襲ったティンバーと同じデーモン種だが、性別が違う。

課金でプレイヤー名は変えることができるが、性別は不可能だ。

それにこの男は——

「……あんた召喚士《サマナー》か」

男のクラスは魔術師《ウィザード》ではなく、召喚士《サマナー》だった。

姿は似ているが、魔術師《ウィザード》とは全く別のクラスだ。

「だから？」

朧が不敵な笑みを湛《たた》えながら答える。

「別に。俺が探していた奴と違ったから、興味が失せただけだ」

「そうか。こっちはお前に興味があるが」

「……うっ」

朧がニヤリと笑みを浮かべた瞬間、ソーニャが苦悶《くもん》の表情を浮かべた。

そして、ソーニャの身に何が起きているのかがやっとわかった。

ソーニャは背後から首を掴まれていたのだ。

それも、先ほどエドガーが倒したのと同じMob、リザードマン・プラトゥーに——

エドガーは瞬時に理解した。

あれは、召喚士《サマナー》のスキルツリーのひとつ【死霊術】ツリーで取得できる【死の従者】だ。

【死の従者】は、自分が倒したMobやプレイヤーを従者として召喚できるスキル。

朧はこの場所で狩ったリザードマン・プラトゥーを従者として召喚したのだ。

「彼女を放せ」

「これ、お前のコンパニオンか？　良い趣味してんな。このままぶっ殺して俺の従者にするってのも良いいね」

その言葉に、エドガーのまとう空気が変わる。

「最後の警告だ。……彼女を、放せ」

炎のように、身体の奥底から滲《にじ》み出てくるのは、怒り。

だが朧は臆《おく》する様子もなく、不敵な笑みを浮かべる。

「怖えな。やっぱりお前はこれまでここでぶっ殺してきた侍とは違うね。俺の【死の従者】を見てもビビらねえし、何より自分の腕に自信があるって目ェしてる」

「なら、試すか？」

「いいぜ。ただ……この女を『俺のモン』にしてからな」

この言葉でリザードマン・プラトゥーが動く。ソーニャの身体を持ち上げ、指に力を込める。

ソーニャも防具で防御力を高めているが、リザードマン・プラトゥーの力の前には何の役にも立たないだろう。

「ソーニャさん！」

ウサの悲鳴が轟《とどろ》いた、そのときだ。

空気がひとつ、震えた。

わずかな間を置き、ウサの目と耳を襲う強烈な光と風切り音。

ぶわり、と砂煙が舞い上がる。

「……ッ!?」

エドガーの姿が忽然《こつぜん》と消えた。

動きを捉えていた者は誰ひとりとしていなかった。

「警告はしたぞ」

朧が気がついたときには、すでにエドガーの行動は終わっていた。

青白い光をまとうエドガーは、一太刀でソーニャを締め上げるリザードマン・プラトゥーを仕留めていた。

――月歩を使った背後からの一撃で。

「大丈夫か、ソーニャ」

「エドガー様……ありがとうございます」

朧へと斬りつけるような視線を送りながら、エドガーは倒れこむソーニャを片手で受け止めた。

ウサの前で月歩を使ったことは後々面倒なことになるかもしれないが、仕方がない。

この男は越えてはいけないラインを越えてしまったのだから。

「お前……お前は……」

エドガーの月歩を目の当たりにした朧のかすれるような声が広がった。

ドラゴンズクロンヌのプレイヤーであれば誰もが知る強力なテクニック、月歩――

だが、それを知りながら、朧がその顔に浮かべたのは戦慄ではなく、狂喜だった。

「ははっ、お前か、お前だなっ！　やっと見つけたぞ！」

「……何？」

朧の口から放たれた意外な言葉に、エドガーは眉根を寄せる。

だが、すぐにそんな表情は、相手がソーニャに手をかけたという怒りによって消えた。

「まあいい。全部あんたに聞けばいいことだ」

考えても仕方がない。答えを持っているのは、目の前のこの男だ。

この男はあの魔術師《ウィザード》ではなかったが、ここで侍を狩っていた「侍狩り」であることは間違いないだろう。その目的がわかれば、あの魔術師《ウィザード》の正体に近づく可能性はある。

となれば、全力で痛めつける。

ソーニャにしてくれたことへのお礼を含めて。

「エドガー様、気をつけてください。あの男、熟練者です」

「わかっている」

ソーニャを放し、エドガーは両手で刀の柄《つか》を握る。

あのグランドミッションでのＰｖＰとは一味違う、熟練者とのＰｖＰ。

さあ、楽しませてくれ――

エドガーは心のどこかで、そんなことを思っていた。


召喚士《サマナー》は全クラスの内でも、比較的ソロプレイしやすい部類のクラスだが、特に【死霊術】ツリービルドを組む召喚士《サマナー》は「ソロ特化ビルド」と呼ばれるほどだった。

【死霊術】以外のスキルツリーである【炎霊術】【氷霊術】【雷霊術】【土霊術】のどれもが、スタミナを消費することで様々な精霊の従者を召喚できる。しかし、一定時間を過ぎると精霊は消えてしまうというデメリットがあった。

再び従者を召喚するには術の詠唱《えいしょう》が必要だが、もし戦闘中であれば無防備になった召喚士《サマナー》はＭｏｂから集中攻撃を受け、すぐさまホームハウスに転送されてしまうだろう。

そんなリスクを回避するために、それらのツリービルドの召喚士《サマナー》は、Ｍｏｂたちのターゲットを受ける盾役がいるパーティに属さなければ、能力を十二分に発揮することが難しかった。

だが、【死霊術】のビルドを組んだ場合、そのプレイスタイルは大きく変わる。

【死霊術】は、従者の召喚に「自身で倒したＭｏｂかプレイヤー」という条件が付くものの、一旦《いったん》呼び出された従者は体力がゼロになるか、術者が【帰還】スキルを使うまで消えることはない。

つまり、【死霊術】ビルドの召喚士《サマナー》は、パーティに属する必要なく、盾役や回復役《ヒーラー》を担《にな》う従者を召喚することができるのだ。

「まさか、卑怯《ひきょう》だとは言わないよな？」

「別に。それが召喚士《サマナー》の戦い方だということは知っているし、問題ない」

エドガーは表情ひとつ変えずにそう言い放つが、状況は先ほどとは大きく変わっていた。

詠唱《えいしょう》の後、朧の周囲に現れたのは、おぞましい数のリザードマン・プラトゥーたち。

その数——十体。

「ちょっと待ってください！　普通に卑怯《ひきょう》じゃないですかそれ⁉」

横から口を挟んできたのはウサだ。

思わず顔を顰《しか》めたのは朧ではなく、エドガーだった。

「召喚士《サマナー》の【死霊術】で召喚できる従者は最大で十体だ。奴の肩を持つつもりはないが、何も卑怯《ひきょう》なことはしていない」

「じ、じゅ……」

死体からゾンビやスケルトンの軍団を生成する「死霊使い《ネクロマンサー》」とも形容できる【死霊術】ビルドの

召喚士《サマナー》に、ウサはごくりと息を呑《の》む。

「い、良いじゃないですか！　おあつらえ向きです！　私はエドガーさんを助けるために一緒に来たんですからね！　やってやろうじゃないですか！」

威勢よく腰に下げた小さな刀を抜いたウサ。

思わず「邪魔だから下がれ」と忠告しようとしたエドガーだったが、そんな言葉は静かに喉《のど》の奥へと戻した。

【死霊術】使いと戦う場合に重要なのは、いかに素早く召喚士《サマナー》本体に肉薄できるかだ。

朧がここでずっと侍を狩っていたことを考えると【死の従者】スキルで召喚できる従者《ストック》は腐《くさ》るほどいると考えて間違いない。

時間が経てば経つほど向こうが有利になっていく。

奴との一対一のＰｖＰに持ち込むためには、ここでウサに手伝ってもらう方が得策だ。

「いいかウサ。アタックは俺がかける。君はリザードマンを処理してくれ」

「わ、わかりました！」

「襲いかかってくるリザードマンは複数だ。足を止めるな。ヒットアンドアウェイを意識してさっき言った弱点を狙え。範囲攻撃スキルは取得しているか？」

範囲攻撃スキルがあれば、いくらか楽に戦えるかもしれない。

侍であれば、【中段構え】の【円月斬り】が一番早く習得できる範囲攻撃スキルになる。

運良くウサが習得していれば良いが、と憂慮《ゆうりょ》したエドガーだったが、ウサから返ってきた言葉はエドガーの不安以前の問題だった。

「えっと……な、何ですか？　リザードマンが足を止めるならヒットアンドアウェイで？」

わたわたと慌《あわ》てふためくウサ。

エドガーはつい頭を抱えたくなってしまった。

「もういい。要するに……しっかりやれということだ」

言ったところですぐにできるものではないと諦《あきら》めたエドガーは、ウサの頭をポンと軽く叩《たた》く。

一瞬くすぐったそうに目を閉じるウサだったが、即座に気合に満ちた表情で深く頷《うなず》いてみせた。

「よう、話はまとまったか？」

しびれを切らしたように問いかけたのは朧だ。

こちらの準備が整うまで待ってくれるとは、よほど腕に自信があるか、それとも馬鹿なのか。

「てっきり途中で襲いかかってくると思っていたが」

「正々堂々ってーのが俺の信条だ」

「なるほど。初心者狩りを楽しんでいる奴が言いそうなセリフだな」

「……ククッ。よくわかってるじゃねえか」

朧は軽く嘲笑《ちょうしょう》すると、右手に持つ杖《つえ》を掲《かか》げた。

その杖《つえ》の先端に付けられた宝石がきらりと輝き、周囲のリザードマン・プラトゥーが静かに動き出す。

生命を感じさせないリザードマンたちの動き。

召喚士《サマナー》との戦いの始まりは、異様な静寂に包まれていた。

これまでエドガーは、アランのアバターで何度か【死霊術】使いと戦ったことがあった。

そのとき召喚士《サマナー》が召喚したのは、Ｍｏｂではなくプレイヤーだった。

召喚士《サマナー》の指示のもと、スキルと魔術を駆使し、息のあった連携で波状攻撃をしかけてくる、プレイヤーのデータで作られた「人形」たちは、Ｍｏｂよりも厄介《やっかい》極まりない存在だ。

だが、その従者たちをアランはすべて処理してきた。

一見無敵にも見える【死の従者】にも弱点があったからだ。

「殺《や》れッ!!」

先手を打つべく前に出たエドガーに、まず三匹のリザードマンが襲いかかった。

顎《あご》を狙った下方向からのかち上げ、腹部を狙ったなぎ払いに、足を狙った払い落とし――

後方に控える朧の思考どおりに、正面と左右から強力な鉤爪《かぎづめ》攻撃を放つリザードマンたち。

だが、彼らの攻撃は虚しく空《くう》を切る。

「邪魔ッ！」

身を捻《ひね》り、素早くしゃがみながら攻撃を躱《かわ》したエドガーは、新たに習得したスキルを発動させる。

鞘《さや》へと戻した刀の柄《つか》を握り、瞬《まばた》きほどの速さで抜き、突く――

そのあまりの速さに、ダメージを通ったことを知らせるエフェクトは、刀が再び鞘《さや》へと戻った後に舞い散った。

侍のスキルの中で最も速い攻撃を放つことができる【居合】のスキル、【薄刃陽炎《うすばかげろう》】だ。

エドガーの周囲に、【薄刃陽炎《うすばかげろう》】専用の花びらのようなエフェクトが舞う。

放たれた高速の突きが、三匹のリザードマン・プラトゥーの鱗《うろこ》の隙間《すきま》を貫き、わずかな時間で体力のすべてを奪い尽くした。

「ッ!!」

リザードマンたちの身体がぐらりと揺れ、霧散しながらその場に崩れ落ちていく。

エドガーに瞬殺されたリザードマンたちの姿に、驚きとも取れる笑みを浮かべたのは、彼らを統《す》べる朧だった。

「……へえ、さすがだな」

「【死霊術】によって召喚された従者の俊敏性《しゅんびんせい》は、従来の半分以下になる。素早い動きが武器になるリザードマンは【死の従者】に適さないＭｏｂだ」

それが【死霊術】で召喚された従者の弱点だった。

俊敏性《しゅんびんせい》の低下、つまり、従者は召喚される前よりも動きが鈍《にぶ》くなってしまうのだ。

鈍重《どんじゅう》になったリザードマン・プラトゥーの動きは、エドガーにとって、見切るに容易《たやす》かった。

「イエス、そのとおりだ。だがな……数の暴力は怖いぜ？」

朧の杖《つえ》が再び妖しく光る。

短い詠唱《えいしょう》。

追加でリザードマンを召喚するつもりか。

「ウサ！　後ろは任せた！」

エドガーが地面を蹴《け》る。

その動きに合わせて、朧がリザードマンを召喚しながら、後ろへと飛びのき、距離を置いた。

距離にして十メートルほど。

この距離を詰めることができれば、単発火力が高い侍であるエドガーの勝利は固い。

しかし、詰めることができなければ――数の暴力で攻め立てる朧の勝ちだ。

「面白いッ！」

すかさずエドガーは月歩を放つ。

青白い光の筋がリザードマンたちの間をすり抜け、派手な血飛沫《ちしぶき》を巻き上げていく。

月歩で死角を取り、素早い【薄刃陽炎《うすばかげろう》】で的確に鱗《うろこ》の隙間《すきま》を突く――

その光景は、まるで淡い光を放つ妖精がくるくるとダンスを踊《おど》っているようにも見える。

だが、エドガーの前に立ちはだかる壁のごとく、リザードマンを召喚する朧の手は止まらない。

「ハハハッ！　そら！　早く追いつかねえとスタミナが切れるぞ！」

月歩は、侍に用意されているスキルではないが、スキルを流用したテクニックだ。

つまり、発動には少なからずスタミナを必要とする。

月歩でリザードマンを屠《ほふ》り、朧との距離を縮める度に少しずつ減っていくエドガーのスタミナ。

朧との距離がゼロになるのが先か、エドガーのスタミナがゼロになるのが先か――

リザードマンの向こうに、忌々《いまいま》しい藍色《あいいろ》のローブが見えた。

立ちふさがる一体のリザードマン。

その初撃を躱《かわ》し、脇腹に野太刀《のだち》を深々と突き刺す。

一瞬の時間も惜《お》しかったエドガーは、野太刀《のだち》の柄《つか》から手を離すと、月歩の光の中へと身を預ける。

アイテムインベントリから、打刀を装備。

右手に握られた刀の切っ先を、目前の朧へと向ける。

だが――

「……ッ!!」

エドガーの刀は朧の体を捉えることはできなかった。

最後の月歩は、失敗してしまったからだ。

底をついたスタミナ。運命を分けたのは、エドガーのスタミナ量。

レベルが低いエドガーは、スタミナの絶対量で負けてしまった。

「ハッ！　大したことねえな！　『月歩使い』！」

とどめだ、と言わんばかりに再度朧が詠唱《えいしょう》に入る。

エドガーの周囲が紺色に輝き、エドガーに殺された分だけ代わりのリザードマンが姿を現す。

勝利を確信した朧の表情が狂喜に歪《ゆが》む。

そのときだ。

「勝負はまだですよ」

そう囁《ささや》いたのは、ソーニャだった。

リザードマン・プラトゥーたちの呻《うめ》き声にかき消され、その声は朧に届くことはなかったが、エドガーの耳にははっきりと聞こえた。

そして、じわりと黄金に輝くエドガーの身体。

一定量スタミナを回復させる「元気薬《スタミナ》」が使われたエフェクトだ。

「……なッ!!」

朧が杖《つえ》を掲《かか》げたまま、ぎょっと身を竦《すく》めた。

スタミナが回復したエドガーの身体が、再度青白く煌《きら》めく。

朧が距離を置こうとまたも後ろに跳躍《ちょうやく》したが、既に遅かった。

エドガーが立っていたのは、朧の背後。

背合わせの状態で、エドガーが動く。

刹那《せつな》、一閃《いっせん》――

「あんたこそ大したことないな、侍狩り」

「ぐっ、てめえ……ッ」

苦悶《くもん》の表情を浮かべる朧。だが、朧の体力は減ってはいない。

エドガーが放ったのは、体の自由を奪う「麻痺《まひ》」の状態変化を与える【中段構え】のスキル【みね打ち】――

背後から【みね打ち】を食らった朧は身体の自由を奪われ、周りのリザードマンたちが一斉に光の霧に変わっていくと同時に、膝からその場に崩れ落ちた。

「ソーニャ、助かったよ。ありがとう」

周囲からリザードマン・プラトゥーの姿がなくなったことを確認したエドガーは、ピンチを救ってくれたパートナーに小さく礼の言葉を送った。

スタミナ切れを起こしてしまった原因は、アランの感覚で月歩を使ってしまったからだ。

それは、慣れていないアバターでのスタミナ管理を怠《おこた》り、感覚だけでやってしまっていた自分自身のミス。

あのとき、ソーニャが元気薬《スタミナ》を使ってくれなければ、倒れていたのは逆だったかもしれない。

「いえ、エドガー様を救ったのは、私ではなく、ウサさんです」

「……へっ、私？」

まさか自分の名前が出てくるとは思っていなかったウサは、モモとともにリザードマン・プラトゥーが落としたアイテムを漁《あさ》っていた手を止め、両耳をピンと立てた。

周囲に散らばっているオブジェクト化されたアイテムを見る限り、ウサはソーニャに襲いかかってきたリザードマン・プラトゥーを、片っ端からなぎ倒していったのだろう。

ウサの方へ回った数はそう多くないが、強靭《きょうじん》な鱗《うろこ》に覆われたリザードマン・プラトゥーを倒すことができたのは、はっきり言って賞賛に値する。

ソーニャが言うとおり、このうさぎ耳の小さな侍の手柄《てがら》であることは間違いない。

「私に襲いかかってきたリザードマンを処理してくれなければ、エドガー様に元気薬《スタミナ》を使うことはできませんでした」

「そうだな。助かったよ、ウサ」

「えっ、いや、そんな……私……困ります」

くねくねと身をよじらせながら頬《ほお》を赤らめるウサ。

困るとは、一体何に困るのだろうか。

「って、そんなことよりもですね、エドガーさんっ！」

「な、何だ？」

「なにゆえにエドガーさんはあの『月歩』を⁉」

「うっ」

既視感のある質問を投げかけられ、エドガーは返答に窮《きゅう》してしまった。

ウサはアランのファンだ。すずたち以上に月歩に興味を持っているはず。

つまり、彼女を納得させるのはクラスメイト以上に難しいということだ。

「あの、もしかしてエドガーさんはアランさんの知り合いとかですか⁉」

「……え？」

「それで！　月歩の使い方を教えてもらったとか⁉」

だが、エドガーの心配は杞憂《きゆう》に終わった。返事をする前に、ウサが希望的観測を口にしたのだ。

「いや、まあ、そうだな……」

どこか羨望《せんぼう》に似た眼差《まなざ》しで、ウサが詰め寄る。詰め寄った分、エドガーは後ずさる。

「だって、月歩って解明されていないテクニックじゃないですか!? ということはですよ!? あれほど何度も出せてるってことは、アランさんに色々と教わって、それで――」

「ちょ、ちょょっと待て」

目が血走っているウサに軽い恐怖を感じたエドガーは、思わず手で制した。

「その質問の前に、そこで伸びている男に聞かなければならないことがあるだろう」

「……あ、そうでした」

未《いま》だに麻痺《まひ》状態のまま、地面に伸びている朧を指差すエドガー。

ウサが我に返るように冷静さを取り戻す。

彼はすべてを知っているはずだ。

侍狩りの目的は何なのか。

そして、なぜエドガーのことを知っているのか。

「……クソ、やっぱ強えな、お前」

身体の自由を奪われ、朧は卑屈《ひくつ》な笑みのまま、視線だけをエドガーに送る。

「あんたにいくつか質問する」

「ハッ、答えるかボケ。さっさと殺せよ。インベントリには大したモンは入ってないから、痛くも痒《かゆ》くもねェけどよ」

ケタケタと笑う朧。

ドラゴンズクロンヌの世界において、殺意は脅《おど》しにはならないことが多い。

朧のように、アイテムを何も所持せず、装備も市販されている安価なものであれば、死のペナルティは限りなくないに等しいからだ。

「なるほど。あんたなりにしっかりと考えているってわけか」

「当たり前だろ。だが、今回の狩りで手に入れた戦利品はデケェぜ。なあ『エドガーさん』よ？　クク、ずっとここで張ってて良かったぜ」

地べたにひれ伏している朧がまるで勝者のような笑みを浮かべる。

その言葉は脅《おど》しのつもりだったのだろう。

だが、エドガーは慄《おのの》くどころか朧に勝るとも劣らない不敵な笑みを返した。

「ありがとう。いくつか疑問が解けた。まさか質問する前に教えてくれるとは思わなかったが」

「……え？」

ヒクリと朧の表情が固まる。

「これまででわかったことが二つある。まずひとつ。侍狩りが複数いることは、あんたの姿を見てわかっていたが、侍狩りに横のつながりはない。もしつながりがあれば、こんな場所でずっと張らずに、俺の友人が襲われたラバスタ林地に向かっているハズだからな」

「そ、それは……」

「そして二つ目。あんたたちが探していたのは俺。だが、どういうわけか顔はわかっていても名前は知らなかった。そこから推測するに、あんたが俺を知ったのは、スクリーンフォト……いや、動画だな」

スクリーンフォトとは、文字どおりドラゴンズクロンヌのプレイシーンを静止画で保存する、いわば「写真」のことだ。動画と違い、スクリーンフォトはゲーム内通貨が必要なく、だれでも自由に撮ることができる。

そして、スクリーンフォトと実況動画、その両方に共通するのは、そこに映っているプレイヤーの「名前がわからない」ということだった。

「おっ……おお、俺は、ななな、何も話さねえっつってんだろっ!!」

言葉ではそう言いながら、表情で「図星だ」と語る朧。

先ほどまでの勝ち誇った笑顔からは想像できないほど引きつっている。

「ソーニャ、動画配信枠を一枠購入してくれないか？　費用はホームハウスに置いているお金を使ってくれ。放送視聴料はゼロだ。誰でも視聴可能にしたい」

「畏《かしこ》まりました」

「……なっ、どど、動画配信枠？　何をするつもりだッ!?」

慌《あわ》てふためく朧を無視し、エドガーはメニューから動画配信を開く。

表示される見慣れたウインドウ。

そこに表示されているのは、エドガーの視界。

つまり、映っているのは、恐れおののいている朧の姿だ。

「ウサ、君も含めて、侍狩りの被害にあっているプレイヤーはかなりの数いるんだよな？」

「え……？　えーと……はい。結構な侍プレイヤーがＰＫ行為を受けている、と聞きます」

一体なにをするつもりなのか想像できないのか、小さく首を傾《かし》げるウサ。

その言葉に、ソーニャが静かに付け足す。

「先日ご説明しましたとおり、ここ数日でクラス『侍』のＰＫによる死亡率がはね上がっているという情報から、多くのプレイヤーが被害に遭《あ》っていることは間違いないかと思います」

「な、なんだ、どういうことだ⁉　それがどーしたよ⁉」

「あんた、カンが鈍《にぶ》いな。つまり、あんたたち侍狩りに対して腸煮《はらわたに》えくり返ってる侍プレイヤーが山ほどいるって話だ」

「……ッ‼」

ようやく事態を呑《の》み込めた朧の顔から、瞬《また》く間に血の気が引いていく。

ドラゴンズクロンヌのシステム上、動画配信やスクリーンフォトで名前を非表示にしているのには理由があった。

例えば、動画配信に第三者のプレイヤー名が表示されていれば、プレイヤー名検索でゲーム内情報のすべてが把握《はあく》されてしまうのだ。

そして、プレイヤー名検索でわかってしまう、どの場所にいるかという「位置情報」は、場合によっては非常に有用な情報になる。特に、ＰＫ行為を受け、恨《うら》みを持ったプレイヤーにとっては。

だから、管理者側としてはトラブルの拡大を防ぐために、名前を表示しないようにしているのだ。

「エドガー様、放送枠の購入が完了しました」

「ありがとう」

ソーニャの声がまるで死の宣告のように響き渡る。

そして、エドガーの視界に映っている動画配信ウインドウのステータスが「オフライン」から「オンライン」へと変わった。


「リスナーの皆様こんにちは。え〜、初めての方がほとんどだと思いますが、なぜ、自分が突然動画配信を始めたのかと言いますと……なんと今日、皆様が探していたであろう、とあるＰＫプレイヤーを発見したんです。それがこのプレイヤー、お――」

「まてっ！　まてまてまてっ‼　止めろ！　配信を止めろっ‼」

こなれた感じで実況配信を開始したエドガーの実況を遮《さえぎ》るように、朧が喚《わめ》き散らした。

エドガーが動画配信しようと考えたのは、朧の「名前」と「姿」だった。

後ろめたいことを行《おこな》っているプレイヤーに対するもっとも効果的な脅《おど》しは、殺意ではなく、名前と姿を公表することだ。名前を変えても、その姿から地道に探されることはある。後ろめたい行為が大きければ大きいほど、恨《うら》みも大きくなり、こちらの世界にいる間は常に背後を気にしなくてはならなくなるからだ。

おまけに、朧がプレイヤー検索を避けるために名前を変えようにも、今は麻痺状態で何もできない。動けるようになる頃には、名前を変えても無意味なほど、あらゆる個人情報が明るみになっている可能性さえある。

相手がＰＫプレイヤーだとはいえ、名前を晒《さら》すのは褒《ほ》められたことではない。

だが、他の侍狩りたちに警告を放つという意味合いでも、朧の名前と姿を公表するのは得策だとエドガーは考えていた。

「わかった、話す、全部話すから！　だから止めろ！」

「最初からそう言えよ。面倒くさい」

お金がもったいないだろ、と愚痴をこぼしながら、エドガーは動画配信をオフラインへと移行させる。

「それで？」

「さ、さっきお前が言ったとおり、俺たちが探していた侍っつーのは、お前のことだ。他の奴らのことは知らねえし、仲間意識もねえ。どっちかっつーと敵視してるって表現の方が近い」

「目的は？」

「色々だ。お前にＰｖＰを挑もうとしている奴もいれば、お前の正体を知りたいと思ってる奴もいる。俺は前者だ」

「なぜ？　どうしてあんたたちは俺にＰｖＰを挑もうと？」

ＰｖＰやＰＫを仕掛ける理由は、勝利したのちに手に入る経験値かアイテムだ。

だが、エドガーはレベルが低く、良いアイテムを持っているわけでもない。

負けることはあり得ないが、勝ったところでメリットは何もないはず。

「ンなこときまってんだろ。アラン以外で月歩が使えるのはお前だけだからだ」

「……なッ!?」

思わず息を呑《の》んでしまうエドガー。

朧はエドガーの名前は知らなかったが、月歩を使えることを知っていた。

推測するに、朧だけではなく、侍狩り全員が知っているということだろう。

ちりばめられた情報のピースが次第につながり、一つの形になりつつあった。

つまり、侍狩りは月歩の正体を探るためにエドガーを探していた。

侍が月歩を使う動画を見て――

「そういうことか」

ぐるぐると巻き戻るエドガーの記憶。それは、エドガーを作るきっかけになった、あのグランドミッションまでさかのぼった。

「クソ。あのときのグランドミッションか」

暴走したアンドウとヤマブキ。

彼らを襲った談合プレイヤー。

怒りに任せて使ったのは――月歩。

あのとき、戦士《ファイター》と格闘士《モンク》のどちらかが動画配信をしていたのか。

「ソーニャ。情報検索してくれ。動画を中心に」

「畏《かしこ》まりました。キーワードは？」

「そうだな、『月歩』と『ミストウィッチ』で」

ソーニャが瞼《まぶた》を閉じ、膨大なデータベースにアクセスする。

その中から、月歩とミストウィッチのキーワードにヒットする情報を引き出す。

「該当《がいとう》情報は百六十件。キーワードにヒットした動画は一件です」

「動画名は？」

「タイトルは『ミストウィッチに謎の月歩使い』。投稿日は一週間前です」

ソーニャの情報を元に、エドガーが動画配信ランキングから該当《がいとう》動画を検索する。

そして、表示されたのは、先日のグランドミッションフィールドに立つパッとしない姿のプレイヤーだった。

現実世界で見慣れた自分の姿だ。

エドガーは胸中で舌打ちをしてしまった。

この動画を見たプレイヤーたちが、謎の月歩使いを探していたというわけだ。

謎の月歩使いの正体を暴き、アランしか知らない月歩の秘密を吐《は》かせる。それが侍だけを狙ったPK行為の目的。

ただ、唯一救いなのは、まだ動画再生数が少ないことだ。

「ソーニャ、運営に動画削除依頼を出してくれ。先日のグランドミッションで談合していたプレイヤーの配信動画だという理由で」

「畏《かしこ》まりました」

ドラゴンズクロンヌのプレイ動画は、一般の動画投稿サイトに出されることはない。

つまり、動画が拡散される恐れはなく、動画が削除されれば後は時間が解決してくれる。

だが、動画が削除されるまでの間、侍狩りの熱が冷めることはないだろう。

推測するに、エドガーを狙っているのは中級者だけではないはず。動画配信ランカーである上級者たちも、月歩の正体を暴こうと躍起《やっき》になって自分を探している可能性がある。

「なあ、エドガー」

渋《しぶ》い顔で眉根を寄せていたエドガーに、囁《ささや》くように問いかけたのは朧だった。

「なんでお前は月歩が使えるんだ？　てか、どうやって出してンだよ？」

「……この状況で教えるわけないだろ。一体どういう頭の構造になってるんだ、あんた」

苛立《いらだ》ちを添え、尖《とが》った視線を送るエドガー。

そこをなんとか、と苦笑いを浮かべる朧に、殺意しか湧《わ》かない。

「それよりもあんたに警告しておくぞ。わかっていると思うが、俺の名前は絶対に口外するな」

「わ、わかってるっつの」

「いいか。もし侍狩りの連中に俺の名前が知れ渡った場合、あんたが犯人であろうとなかろうと——地の果てまであんたを探しに行くからな」

ローブの襟元《えりもと》を掴まれ、ドスの利いた声で言い放たれた朧の顔面は再び血の気が引いていく。

「……そ、そんな。ひでえ……」

「この場所で待ちぶせして、初心者にＰＫ行為を仕掛けていた奴が言うセリフか」

やっぱりこのまま動画配信してやろうか、とエドガーは朧を睨《にら》みつける。

「しし、知ってることは全部話した。もういいだろ？」

助けてくれ、と言わんばかりに朧が懇願《こんがん》する。

恐ろしげなデーモン種の瞳に浮かんでいるのは、紛《まぎ》れもなく涙だ。

「ウサ、君を襲ったこの男に言いたいことはあるか？」

「……え？　私？」

「なんなら君がトドメを刺すか？」

「えっ!?　私!?　いやっ、えーっと……」

エドガーに突如話を振られ、あたふたと動揺を隠せないウサ。

モモに相談し、ソーニャに助言を求め、ウンウンと悩む。

そして、しばしの黙考の後、はたと我に返るようにウサは言い放った。

「次あったら、ぶぶぶ、ぶっころすからなっ！　さ、侍ナメんなよッ！」

必死に怖い声を出そうとしている感満載のウサの声が辺りに響く。

本人的には般若《はんにゃ》のような面構えで、恐怖感を演出しているようだが、どこからどうみても幼い少女がおやつをおあずけされて、膨《ふく》れているようにしか見えない。

はっきり言って、可愛《かわい》い。

「……あー、まあ、そういうことだ。あまり侍をナメてると痛い目に遭《あ》うぞ」

冷ややかな声で、ポツリとエドガーが付け足す。

ぎらりと睨《にら》みつける彼の視線に引きずり出されたかのように、朧の喉奥《のどおく》から小さな悲鳴が、ひとつ、はねた。

＊＊＊

エドガーの視界に映るのは、ゲーム内時間と現実世界の時間を示す時計。

朧をヴェルン大公国エリアに残し、山岳地帯からクレッシェンドにファストトラベルしたエドガーは、その時計を思わず二度見してしまった。

なんとなくそんな気がしていたが、現実世界は——深夜二時。

明日、というか今日は水曜日。

もちろん休日などではない。

またしても寝不足確定だ。

「エドガーさん、本当にありがとうございました」

一瞬でブルーになってしまったエドガーの事情など知る由《よし》もないウサが、深々と頭《こうべ》を垂れた。

彼女も仕事はあるだろうに、こんな時間までプレイしていて大丈夫なのだろうか。

現実逃避するように、ふとそんなことを考えてしまうエドガー。

「いや、君のお陰で侍狩りの正体がつかめたし。こちらこそ助かったよ」

「フレンドさんを襲ったのも、エドガーさんを狙っていた侍狩りだった、ってことですよね？」

「多分な」

だが、そう言いつつも、エドガーにはどうもひとつ気になることがあった。

魔術師《ウィザード》は、すずの名前を知っている感じだった。そして、すずと俺が知り合いだということも。あの談合プレイヤーが配信した動画には、確かにすずの姿が映っていたが、もちろん名前は表示されていない。

魔術師《ウィザード》はなぜすずの名前を知っていたのか。

「だが、襲ったのは朧ではなかったからな。しばらくは時間を見つけて犯人を探すつもりだ」

「え!? だったら、またお手伝いしますよ！ その魔術師《ウィザード》探し！」

「本気で言ってるのか？」

「もちろんっ！ 本気ですよっ！」

ウサが嬉しそうにぴょんぴょんと跳《は》ねる。

だが、エドガーは顔を顰《しか》めながら閉口してしまった。

はっきり言って、それはご遠慮願いたかった。

確かにパーティの方が戦闘が楽な部分もあるが、ひとりの方が余計な詮索《せんさく》もされず、気を使わなくていいからだ。それに、ひとりだったらアランを使うこともできる。

どう考えても捜索はひとりか、いてもソーニャだけの方が絶対に良い。

「ええと……デーモン種の女性魔術師《ウィザード》ですよね。私もできる限り探してみます。何かあったら連絡しますので！」

「待て。ひとりで探すつもりか？ 相手は侍を狙っている侍狩りだぞ？」

見た目が全く違うために、ウサが襲われる可能性は低いがゼロではない。

現に、ウサは朧に襲われている。

「そ、そうですけど。大丈夫です！　私、逃げ足には自信がありますから！」

「まあ、ご主人はＭｏｂに襲われながらも、ヴェルン大公国エリアを走り抜けることができる猛者《もさ》だからな」

「ほら、モモも言ってるでしょ？」

彼女の肩の上で、そのままウサの頭を呑《の》み込むのではないかと思うほどの巨大なあくびをするモモの頭を「わかってる子だねえ～」とガシガシ撫《な》でる。

多分モモは馬鹿にしたんだと思うのだが、どうやら本人は気がついていないらしい。

「エドガー様、あのグランドミッションの動画に映っていたフレンドの方々と魔術師《ウィザード》を捜索するのは危険ですし、無関係なウサさんに協力してもらうのは良いアイデアだと思います」

「いや、だけどな……」

「探し物を見つけるには、ひとりよりも大人数のほうが良いとデータベースにもありますよ？」

やけに押しが強いソーニャに、エドガーは訝《いぶか》しげな表情を覗《のぞ》かせながらも、これまでも彼女の進言に従って成功してきたことを思い出し、熟考する。

確かにソーニャの言っていることには一理ある。

あの動画が削除されるまで、すずたちとの遠出は控えた方が良いだろう。そうなると、ウサに協力してもらった方が何かと良いかもしれない。

それに、ウサが単独で調査してくれるのであれば、こちらには何の被害もない。

「わかった。よろしく頼むよ、ウサ」

「ッ!!　やったァ！　よろしくおねがいします！　師匠!!」

全身で喜びを表現するウサ。だが、ウサが言い放ったその言葉を、エドガーは聞き逃さなかった。

「……おい待て、師匠ってなんだ」

「今回のことで気づいたんです。私が目標にすべきなのは、アランさんじゃなくて、困っていた私を助けてくれて、凄《すご》い強くて……その、かっこいいエドガーさんだって。えへっ」

「何言ってンだご主人」

言っちゃった、と頬《ほお》を赤らめながら、恥じらいを隠すように頬《ほお》を手のひらで覆うウサの傍《かたわ》らで、モモが冷めた視線を送る。

「だから……エドガーさんのこと、師匠って呼んでも良いで――」

「断る」

くねくねと身を捩《よじ》らせるウサの言葉を遮《さえぎ》り、刀でバッサリと斬りつけるように、エドガーが鋭く尖《とが》った言葉を放つ。

「えっ!?　なんでですかっ！　私、頑張《がんば》りますよ！　いつかエドガーさんみたいな侍になって、エドガーさんの力になりますから！」

「要らん」

初心者にすがるほど落ちぶれてはいない、と胸中で吐《は》き捨てるエドガー。

そもそも、弟子でもなんでもないウサに、師匠などと呼ばれる筋合いはない。

「うっ……そっ、そんなこと言わずに……ええと、あ、フ、フレンド登録送っておきますね！　魔術師《ウィザード》の件、何かわかったらメッセージ送っておきますから！」

「それも要らん」

「ひんっ……」

渋《しぶ》い表情を崩さないエドガーに、ウサは瞼《まぶた》に涙を溜《た》める。

だが、へこたれないウサは、慌《あわ》ててメニューからエドガーにフレンド登録申請を送った。

「おっ、送りました！　それでは私はここらへんでログアウトしますね！　ありがとうございました！　ししょ……エドガーさん！　ソーニャさん！」

「ッ！　おい、待て！」

「じゃあな、エドガー、ソーニャ」

怒涛《どとう》のような「口撃」を放ち、逃げるようにウサとモモが消えていく。

後に残ったのは、あっけにとられてしまったエドガーと、小さく微笑《ほほえ》みを浮かべているソーニャ。

そして、視界の端にポップアップしたウサからのフレンド申請通知。

「……どたばたでしたけど、なんだか可愛《かわい》い方でしたね、エドガー様」

ウサを助けたのは、ファンを見捨てるのがしのびなかったからだ。師匠などと呼ばれるためではないし、目標にされるためでもない。

そもそも、出会ってすぐに現実世界の自分のことを話したり、フレンド申請を送ったり、彼女は危機管理という言葉を知っているのだろうか。

「でも、ウサさんの気持ちはわかる気がします」

エドガー自身、怒りの矛先《ほこさき》がどこに向いているのかわからなくなってしまったとき、ふわりと耳を撫《な》でたのは、ソーニャの声だった。

「わかるって、何をだ？」

「エドガー様はとても魅力的な方ですから、好かれて当然です」

「……ッ!!」

優しく微笑《ほほえ》むソーニャ。

エドガーの心臓がどきりとはねる。

その一瞬で、心を支配していた苛立《いらだ》ちは、霞《かすみ》のように消えてしまった。

「また俺をからかうつもりかソーニャ。いいかげんにしないと――」

「エドガー様」

そうしてソーニャはエドガーの言葉を遮《さえぎ》る。

「そろそろログアウトした方がよろしいのではないでしょうか。いつもより遅い時間ですよ？」

「……ぐっ」

小首を傾《かし》げるソーニャを恨《うら》めしそうにじろりと睨《にら》む。

時間を見れば、ログアウトした方が良いのは明々白々だ。

だからこそ、エドガーは卑怯《ひきょう》だと唇《くちびる》を尖《とが》らせる。

「言うだけ言ってログアウトを促すなんて、勝ち逃げみたいなものじゃないか」

「向こうの世界が充実してこその、こちらの世界です。節度のあるプレイがベストです」

「学校行きたくないの知ってるだろ」

「はい。ですが、最近のエドガー様は――楽しそうですよ？」

「……ハッ、楽しそう？　俺が？　まさか」

自分でもわからない部分を見透《みす》かされている感覚に陥《おちい》ってしまったエドガー。むず痒《がゆ》さとともに、誰にも見られたくない場所をこっそり覗《のぞ》かれたような得も言われぬ苛立《いらだ》ちがふつふつと湧《わ》き上がる。

「馬鹿な」

心のざわつきを隠すように、エドガーは鼻で笑ってみせた。

確かに、憧《あこが》れのクラスメイトとドラゴンズクロンヌをプレイするのは心が躍《おど》った。

しかし、ひとりでプレイする方が何倍も楽しい。

自分が住む場所はここだけだ。

だからこそ、この世界をひとりで楽しんでいる。

この世界にフレンドなんか、必要ない。

師匠などと呼んでくる、生意気なウサギ耳の少女は特にごめんだ。

「……じゃあな、ソーニャ。また明日」

「はい。ソーニャはエドガー様がお戻りになられるときを心待ちにしております」

両手を前で揃え、淑《しと》やかにお辞儀《じぎ》をするソーニャ。

そんなソーニャを見ながら、エドガーはメニューを開いた。

システムメニュー、ログアウト――

エドガーの身体が、次第に足元から光の粒《つぶ》へと変化していく。

ウインドウに浮かぶ、「ログアウト処理中」の文字。

そして、その文字の傍《かたわ》らに見える、ウサからのフレンド申請通知。

その通知は、まるでウサのように、やけに自己主張している気がした。

「……クソ。どいつもこいつも」

ログアウト処理が完了する寸前。

エドガーの指が走った。

結局、折れたのはエドガーの方だった。

舌打ちをしながら、渋々《しぶしぶ》エドガーはウサから届いたフレンド申請に「許可」を出したのだった。

第三章　クランを作ろう！

耳心地のいい小川のせせらぎと、木々の葉《は》擦《ず》れの音。

木漏れ日が差す草原を抜ける柔《やわ》らかい風が、ふわりと男の髪を躍《おど》らせる。

腰に携えた刀の柄《つか》を握る。

足の拇《ぼ》指《し》球《きゅう》を軸に、かかとを外側に。

身を低くさせ、動く。

男が鯉口《こいぐち》を切り、刀を抜いた瞬間、まばゆい光を残し、男の姿が消えた。

草花が舞い、光の筋が草原に走る。

右に、左に。

男が消える度に舞い上る草花は、まるで重力を失ったかのように空中に漂い続ける。

「……フム」

幾度か光が走った後、元の場所に戻ったその男――エドガーは、感触を確かめるように刀を鞘《さや》へと戻した。

「攻撃スキルを発動させれば四回……発動しなくてもまだ五回が限度か。レベルアップ時に俊敏性《しゅんびんせい》を上げるべきか、スタミナを上げるべきか悩むな」

エドガーが確かめていたのは、先日の侍狩りとのｐｖＰで問題になった、月歩の連続発動におけるスタミナの消費具合だった。

俊敏性《しゅんびんせい》を上げれば、動作が機敏《きびん》になるのはもとより、命中率も上がる。

月歩を使う上で、俊敏性《しゅんびんせい》は非常に重要なステータスだ。

だがスタミナがなければ、月歩を連発することはできなくなる。先日のリザードマン戦のように、多勢のＭｏｂと対峙する場合は、スタミナ切れから状況が一気に悪化することも考えられる。

「俊敏性《しゅんびんせい》は装備で補って、とりあえずはスタミナを鍛《きた》えるか」

そうひとりごちながら、エドガーが足元に落ちていた小枝を拾い上げ、空へと投げた。

くるくると弧《こ》を描き、落下をはじめる小さな枝。

エドガーは即座に刀の柄《つか》へと手を伸ばし、人差し指と親指を鍔《つば》にかけ、再び鯉口《こいぐち》を切る。

刹那《せつな》。

光が走る。

陽炎《かげろう》のようにかき消えた刃の切っ先は、またも鞘《さや》の中へ。

最速の斬撃、【居合い】ツリーの【薄刃陽炎《うすばかげろう》】が、次々と落下していく小枝を襲う。

一本の枝が二つになり、三つ、そして四つ。

「フム」

最終的に地面に落下するまでに、枝はエドガーの手により九つの破片に分断された。

恐ろしいほど狙いすましたタイミングと正確性。

俊敏性《しゅんびんせい》のステータスが低いために、斬撃を当てようと狙った場所からはかなりの誤差があるものの、圧倒的なテクニックでその差異をねじ伏せてみせるエドガー。

しかし、エドガーは納得のいく表情ではなかった。

同じことをアランでやったときは最大十六個に切断できたが、エドガーではこれが限界だったからだ。やはり俊敏性《しゅんびんせい》は早く補う必要がある。しかし、このレベル帯で俊敏性《しゅんびんせい》が上がる装備に何があったか、思い出せなかった。

「す、すごい……」

「ん？」

ふわりと放たれた耳心地のいい声。

今のエドガーの行動を木陰からじっと見つめていた人影。白いローブを着た聖職者《クレリック》、すずだ。

演舞のように、瞬《また》く間に枝を細切れにしたエドガーに、彼女は言葉を失っていた。

「あ、すずさん」

「ご、ごめん、盗み見るような真似《まね》をして」

「いや別に……大丈夫」

真面目に練習していたエドガーは少し恥ずかしくなり、鼻の頭をかきながらバツが悪そうに苦笑いを浮かべた。

彼らがいるこの美しい草原は、ドラゴンズクロンヌのフィールドではない。

ホームハウスからアクセスできる「訓練所」と言われるトレーニングエリアだ。

トレーニングエリアは、ホームハウスに似たエリアで、やはり自分が許可したプレイヤー以外はアクセスすることができない。だがホームハウスと違うのは、スキルや魔術を発動させることができる点だ。

「エドガー君、さっきのって、月歩？」

「ああ。この前侍狩りと対峙したときに、月歩でスタミナ切れを起こしてしまったから、色々と確認したかったんだ」

トレーニングエリアには様々な機能があった。

スキルコンビネーションを練習するためにスタミナを無限に設定できる機能に、「人形」と呼ばれる自分のコピーを出現させて立ち回りを練習できる機能、人形に発動させるスキルを設定して、ｐｖＰの練習ができる機能などだ。

このトレーニングエリアで練習できることは多く、エドガーも昔は、狩りをしている時間よりもトレーニングエリアに篭《こ》もる時間の方が長かった。

「月歩にも弱点ってあるんだ」

「この世界に弱点がないテクニックはないよ。もしあったら運営に修正されるからな」

「そっか。それもそうだね」

月歩はスキルを連続で発動させるテクニックだが、同じスキルツリー内でつなげることができるコンビネーションと違い、「発生時のスタミナ消費量軽減」が存在せず、スタミナがガンガン減っていく。

それが、攻守に隙《すき》がない月歩の数少ない弱点のひとつだった。

「すずさんは月歩について何も聞かないんだな」

「え？」

「いや、どうやって出してるんだ、とかさ」

それは、エドガーにとってちょっとした疑問だった。

今ではもう会話の中に出てくることもなくなったが、アンドウにヤマブキ、それにメグは最近まででちょくちょく月歩のことを聞いてきていた。

だが、すずだけはその件を訊《たず》ねたことが今まで一度もなかったのだ。

「ん～、メグたちはどうだかわからないけど、私は難しいことするの得意じゃないし、それに私、後衛職だから聞いても意味ないかな、って」

「そうか。確かに」

「あ、でも少しは気になるよ？　月歩のことじゃないけど、アランさんと知り合いだったなら、その一……アランさんがどんな人なのか～、とか」

「え？」

思わず、すずを二度見してしまった。これまでそんな素振りを見せなかったから全く気がつかなかったが、すずはアランに興味を抱いていた。その事実にもう一度、衝撃が走る。アランが関係のない第三者であれば、非常に面白くない話だ。しかし、アランの中の人であるエドガーにとって、それは有頂天になってしまうほど嬉しい事実だった。

「ま、まあ、知っている範囲で良ければ――」

「あ、でもやっぱりやめて」

「え、あう……？」

口元で指を交差させ、ごめんねとおどけるすず。

エドガーは緩《ゆる》んでしまった表情とともに続く言葉を呑《の》み込んでしまった。

「な、なんで？」

「だって、もし悪い意味で意外な一面があったら、がっかりしちゃいそうだから」

「意外な一面……って？」

「うん。例えば、そうだなあ、ないと思うけど実は女好きだった、とか」

すずは「ないと思うけど」と語りつつも、表情には「そうあってほしくない」という懇願《こんがん》に似た色が滲《にじ》みでている。

「女性好き……いや、それはないけど」

そこは正直にさらりと答える。

以前、雑誌のインタビューで女性関係について聞かれたときも、アランは同じ回答をしていた。

そのインタビューでは、好きな女性のタイプから、今付き合っている人はいるのかという突っ込んだ質問まであったが、もちろん否定とともに当たり障りのない答えを返した。

しかし、この話を曲解した人たちによって「アランはリアルではモテないブ男だ」という噂《うわさ》がネット上で盛り上がったのは予想外だった。ただ、紳士的で女好きではないという話が女性読者の心をくすぐったらしく、女性ファンの獲得には一役買ったらしい。

正直に答えるのではなく、嘘でもそう答えたほうが良い、とアドバイスしてくれたＤＩＣＥの担当者はさすがだった。

「あ、やっぱり？」

「ああ。どちらかというと、女性は大の苦手……らしい」

危うく自分のことのように言いかけてしまったエドガーは、慌《あわ》てて「本人が言うには」と付け加える。

「そうなんだ。でも、それって逆に意外かも」

「がっかりした？」

「うん、ちょっと」

そう言いながらも、すずはくすぐったそうに笑顔を覗《のぞ》かせた。

嬉しそうなすずの表情に、なぜかちくりとエドガーの心がうずく。

アランのことを知って、喜んでくれるのは正直、嬉しい。だが、別のアバターであるアランの話でそこまで嬉しそうにされると、何かに負けたような気がしてしまう。

少しはアランの株を下げた方が良いのではないか。

そんなことを考えてしまったエドガーは「一体誰に嫉妬《しっと》しているんだ」と軽い自己嫌悪に陥《おちい》った。

「でも、エドガーくんに月歩を教えたアランさんの気持ち、私、わかるな」

「え？」

「だって、私もアランさんのこと、これまでメグ以外誰にも話したことなかったのに、つい話しちゃったもん。エドガーくんって凄《すご》い話しやすい人だったんだね」

「ッ⁉」

エドガーは思わず噴き出してしまった。

話しやすい人、だなんて今まで一度も言われたことはない。

言われたことがない、というよりも、そんな会話をする友人すらいないという方が正しいが。

「たっ、多分、ここがゲームの世界だからだと思う。ほら、ここって俺の得意分野だし」

「得意分野、か。それ、わかるかも。私もバレーのこととかだったら、すっごい話すもん」

「……え、バレエ？」

意外なところから飛び出した情報に、エドガーは完全に不意を突かれてしまった。

すずと同じクラスになったのは二年からで、ずっと知りたいと思っていたが、クラスメイトと話すこともなかったエドガーには、彼女の私生活を知るきっかけなどなかった。

すずにバレエ。

優雅なすずにはぴったりな趣味だ。

ひょっとして今もやっていたりするのだろうか。

一度見てみたいとエドガーが思った矢先だった。

「エドガーくん」

「え？」

「念のため言うけど、バレエじゃなくて、バレーボールだからね？」

このときの少し困った感じで笑うすずの表情は、しばらく忘れられないだろう。

そして、固まってしまったエドガーを見て、やっぱり間違ってた、とすずは嬉しそうに肩を震わせはじめた。

「バレーボール部に所属していたのは一年のときだけだったんだけどね。メグと一緒に入部したんだ」

「そ、そうなのか」

「うん。知らなかったでしょ？　だからってわけじゃないけど、学校で『あの話』をしたのはそういう理由もあったんだ」

学校での話。その言葉で、エドガーの頭に数時間前の記憶が戻る。

「ああ、つまり……お互いのことをもっと知り合うために？」

「そう。お互いのことを深く知り合えたら、もっと仲良くなれると思って」

「確かに、そうだが……」

純白のフードの陰から見えるすずの笑顔はとても眩《まぶ》しい。

エドガーの表情に影が落ちてしまったのは、その表情のせいに違いなかった。

「ね、そろそろ行かない？　私たちのノルマ終わらせないと」

「……そうだな」

エドガーが気を取り直すようにメニューを開く。

空中に浮かび上がったメニューから「トレーニングエリア」を選択し、「離脱」を選択する。

トレーニングエリアから離脱する寸前、エドガーは木々の間から覗《のぞ》く穏やかな空を見上げた。

そして、すずには聞こえないような小さなため息が漏れる。

学校ですずが提案したこと。正直なところ、それはエドガーにとって手放しで喜べる話ではなかった――

＊＊＊

「みんな、ちょっといいかな？」

一日の折り返し地点を過ぎ、誰もが放課後のことを考えはじめる昼休み。

すずが窓の外でシトシトと降り注ぐ冷たい雨音に便乗するように弱々しく切り出したのは、すでに定例会と化している「放課後ドラゴンズクロンヌ会議」でのことだった。

「ん？　どした？」

「あのね、ちょっと面白そうな『コト』、見つけたんだけど」

「面白そうなこと？　釣り以外に？」

きょとんとした表情を返すメグ。

毎日のように集まっている「放課後ドラゴンズクロンヌ会議」は、その名前のとおり「帰宅後、ログインしてから何をしようか」ということを話し合う、非常にゆるい会議だ。

そして、ここ最近の議題は、あの談合プレイヤーがアップした月歩の動画が運営によって削除されるまで何をするか、だった。

まず、すずたちがクレッシェンドからほど近いラバスタ林地で襲われたことから、遠出するのは危険だという話になった。ＰＫ行為が禁止されている街から遠く離れてしまうと、万が一ＰＫ行為を受けたときに逃げることができず、全滅してしまう可能性があるからだ。

ということは、何かレアなアイテムを探しに行くこともできないし、行ったことがないエリアに足を延ばすこともできない。

蘭は先日行った、あの眺めが良い山岳地帯にまた行きたいと思っていたが、案を出す前にその選択肢は消えてしまった。

そして、最終的に消去法で決まったのが、クレッシェンドの街に近い海岸での「釣り」だった。

「俺、釣り以外だったら何でも良いよ」

釣り竿《ざお》を垂らし、反応があったら引き上げるという、仮想現実世界でも眠気に襲われてしまうような作業に嫌気が差していた安藤が、ため息交じりで返す。

「だよね。そろそろ釣りも飽きてきたから、ちょっと調べたんだ。みんな『クラン』って知ってる？」

「クラン？」

メグが眉根を寄せ、曇った表情で首を傾《かし》げる。

「仲が良い人たちで作る『チーム』みたいなものらしいんだけど、遠く離れてても文字チャットで会話ができたりとか、凄《すご》く便利みたいなんだ」

そう言ってすずは、スマホを取り出し、ドラゴンズクロンヌの公式ウェブサイトからクランのページを開いてみせた。

クランとは、すずが言っていたとおり、ゲーム内の「チーム」のようなもので、同じ目的で集まる集団のことを指す。ドラゴンズクロンヌでは、そのクランシステムが用意されており、プレイヤーは自由にクランを結成することが可能だった。ちなみに、パーティとして組めるのは五人までだが、クランについては人数の制限がない。

「え、チームって、メグさんとチーム組むのか？」

チームという言葉に過敏に反応してしまったのは安藤だ。

だが、勢いで出てしまったらしく、安藤は瞬時に口を両手で覆う。

しかし、時既に遅し、だった。

「……何それ。どういう意味？　アタシとチーム組むのが嫌だってこと？」

じろり、とメグに野獣のような双眼で睨《にら》みつけられた安藤が一瞬で凍《こお》りつく。

「い、いや、そういう意味じゃなくて……そう、アレだ！　メグさんとチーム組むのは楽しそうだし、凄《すご》く良い案だっつー意味だよ！　なあ山吹！」

苦しい言い訳をこぼしつつ、お前もそう思うだろ、と山吹に話を振る安藤。

強迫観念にとらわれたのか、首が取れてしまいそうなほど何度も頷《うなず》く山吹は凄《すご》く哀れだった。皆の賛同を得ることができた、と笑顔でほっと胸をなでおろしているはずの姿が、余計に安藤たちへの同情をさそう。

「それで、江戸川くんも賛成で良いかな？」

「へっ？」

まるで部外者のように彼らの話を聞いていた蘭は、思わずすっとんきょうな声を上げてしまった。

「お、俺らで作るんだから、もちろんお前も参加するよな!?」

「お前だけ助かる……じゃねえ、仲間はずれになんかさせねえかんな！」

「あ、いや……もちろん、参加する、けど」

今にも泣き出しそうな顔で俺たち友達だろと、どちらかというとネガティブな意味合いで縋《すが》りつく安藤と山吹に、蘭は引きつった笑みを返す。

クランはいわばゲーム内の「つながり」で簡易的な「組織」だ。

クランには目的があり、そのクランに所属するということは、その目的に自分も賛同し、活動するという意思表明でもある。

蘭は以前、クランに所属していたことがあった。

コミュニケーションが目的ではなく、強力なＭｏｂを討伐するために作られた実力至上主義のクランだ。

まだ実況配信プレイヤーとして人気を博する前だったアランは、テクニックを磨《みが》くためにそのクランに入ったものの、クランルールと所属プレイヤー同士の空気に馴染《なじ》めず、すぐに脱退することになった。

クランに入れば義務が生まれ、ルールに従うことになる。

つまり、ボッチ気質が高い蘭にとって、それは最も避けたいものであり、クランは忌《い》まわしき存在に他ならなかった。

「じゃあ決まりだね！　で、クランってどうやって作ンの？」

そう問いかけるメグは満面の笑みだ。

「確か『クランクエスト』をクリアすれば作ることができたと思うけど……」

「クランクエスト？　なにそれ」

さらにメグがすずに問う。

しかし、クエストの内容まで調べていなかったのか、すずは言葉を濁《にご》しながら、ちらりと蘭の方へと視線を向けた。

「……クランクエストは、指定されたアイテムをハンターズギルドに納品するクエストだ。ハンターズギルドであればどこでも受けることができて、納品するアイテムもそうレアリティが高いものじゃない。全員で手分けすればすぐ終わる」

バトンを渡された蘭がさらりと答える。

「へえ！　街で手に入るレベルだったらちょうど良いじゃん。アタシら遠出できないしさ」

元々活動的なメグにはのんびりした釣りは性にあわなかったのか、新しいおもちゃを手に入れた子供のように嬉しそうにはしゃいだ。

クランクエストは言わば「作業クエスト」で、ひたすらアイテムを生成し、納品するという面倒な部類に属するものだ。

作業クエストは面白みが少なく、毛嫌いするプレイヤーが多い。

だが、目立った活動ができない蘭たちにとっては逆にありがたいクエストだった。

「江戸川、納品するアイテムって何？」

「現実世界の時間で二十四時間周期で変わる。多いのは武器とか防具とか。一応ストーリー上では、『ギルドにハンティングチームの設立を許可してもらうために、武器や防具を上納する』ってことらしい」

「ということは、ギルドでクエストを受けてから、納品アイテムのレシピを調べて、素材集めって感じだな」

久しぶりに釣り以外の目的を見つけ、次第に熱が入りはじめているのか、安藤もどこか嬉しそうな表情を浮かべる。

生産素材はほとんどが購入できるものだが、Ｍｏｂがドロップする素材も必要になる可能性はある。そうなれば、近場で久しぶりにＭｏｂ狩りをする必要も出てくるだろう。

隠居生活のようなプレイをしていたのだから、熱くなって当然だ。

「じゃあ、今日はハンターズギルドに集合だね！　クエスト受けてから生産レシピを調べよう！あ〜、なんか久しぶりにわくわくしてきたっ！」

いてもたってもいられない、と目を輝かせるメグ。

まるで久しぶりに散歩に出かける子犬のようだと蘭が笑ってしまった、そのときだ。

「なんだか盛り上がってるねえ」

辺りに響き渡ったのは、盛り上がった熱を一瞬で冷やすような気の抜けた男の声だった。

「げ、伊藤《いとう》……」

その声に反応したのは、鼻に皺《しわ》を寄せたメグだ。彼女の視線には明らかな軽蔑《けいべつ》の色が滲《にじ》んでいる。

そんな視線の先に立っていたのは、山吹と同じニオイを感じさせる軽い空気をまとった男子生徒だった。

「やあ、恵さん。そんな怖い顔すると、せっかくの可愛《かわい》い顔が台なしだよ」

「……なッ！」

「だけどごめんね、僕と話したいのはわかるんだけど、用事があるのは君じゃないんだ」

いきり立つメグを軽くあしらいながら、その男は空いていた席の椅子を引き寄せる。

短く刈《か》り込まれた頭髪に、日焼けした肌。

いやみったらしいこの男子生徒は、名前を伊藤良純《よしずみ》といった。

山吹以上にチャラい伊藤は、運動ができて、口達者。また、場を盛り上げるクラスのムードメーカーでもある。おまけに、家がお金持ちという、人生イージーモードを地でいくクラスメイトだ。

「つーか、いきなり何だよ、伊藤」

唐突に会話の中に土足で踏み込んできた伊藤を、山吹が怪訝《けげん》な表情で迎える。

ふたりは同じ部類に属しているので、仲が良いようにも思えるのだが、その表情と口調からは友好的な感情など見えない。

「残念だけど、話したいのは君でもないんだ、山吹。ちなみにそこの暑苦しい安藤でもない」

「へえ、気が合うな。俺も同じ意見だ」

薄笑いを浮かべている伊藤の顔をじろりと睨《にら》みつける安藤。

そして、安藤のセリフを気にする様子もなく、伊藤が視線を送ったのはすずだった。

「すずちゃん、今日空いてる？」

「……え？」

「あ～、ごめん間違った。空いてるか、じゃなくて、放課後、僕のために予定空けてくれないかな？」

その言葉に、誰もが口をポカンと開けてしまったのは言うまでもない。

鼻につく口調とセリフ――

伊藤の口からは名前すら出てこなかった蘭でもわかってしまった。

これは、用事というよりも、単純に口説《くど》いているというやつではないのか、と。

「実は週末に、アメリカから来る友人たちとパーティをやるんだけど、着る服がなくてさ。ショッピングに付き合ってくれないかな」

伊藤の趣味はイタリアブランドのショッピングだと聞いたことがある。

さらに噂《うわさ》では、学生では到底手に入らないであろう高級ブランド品をいくつも持っているらしい。

伊藤に勝るとも劣らないポケットマネーを持っている蘭も、同じように高級ブランドでショッピングしたことはあるが、伊藤の「いかにも」なセンスには閉口してしまう。

「どう？　すずちゃん」

本場イタリアの伊達男《だておとこ》顔負けの押しの強さで言い寄る伊藤。

すずは目を泳がせながら、困惑した表情を返すしかなかった。

「いや、どう、って言われても……」

「ん？　何か用事でもあるの？　僕のショッピングよりも大事な用事？」

伊藤は、そんな用事など金で買い取ってやろう、と言い出しそうな雰囲気ですずに詰め寄る。

たちが悪いのは、伊藤はこれまで本当にそういった問題をお金で解決してきたところにある。

欲しいものがあれば、相場の倍以上のお金を出して手に入れる。

お金に換算できないものでも、高校生が見たこともないような額を提示し、手に入れる。

周りを無視した伊藤の口説《くど》きに、場の空気は次第に重苦しくなっていく。

絶対に口にできないとわかっていても、いい加減にしろ、と蘭が言いたくなってきたそのときだ。

「あのさ、残念だけど」

刺々《とげとげ》しい口調で割って入ったのは、メグの声だった。

「すずはあたしらと約束があるんだよね」

「……約束？　君たちと？」

わずかに怪訝《けげん》そうな空気をまとう伊藤。

「約束って、まさかあのナントカってくだらないゲームじゃないだろうね？」

「へえ、よくわかってるじゃん。そのとおりなんだよね。アンタとのショッピングよりも、すずはアタシたちとくだらないゲームする方が何倍も良いって！」

「ちょっ、メグ！」

その言葉に、伊藤の軽い声は消え、舞い降りてきたのはさらに重苦しい沈黙だった。

ちらりと伊藤の顔に視線を送る蘭。

そこにあったのは、今にも爆発しそうな憤怒《ふんぬ》の表情。

言葉には出さないものの、ゲームと天秤《てんびん》にかけられ、さらには自分の方が軽視されたことで、彼のプライドは傷つけられてしまったのだろう。

「あ、そう」

だから、伊藤がそう言ってあっさりと席を立ったのは正直、意外だった。

逆に、そんな簡単に引き下がるのかよ、と突っ込んでしまいそうになった。

「なんか、嫌にあっさりしてンな」

ぽかんとしているところを見ると、これまで静観していた安藤も同じ心境らしい。

誰もが訝《いぶか》しむ伊藤の反応だったが、安藤のその呟《つぶや》きも、重くなった場の空気も、昼休みの終了を告げるチャイムによってかき消されてしまった。

「……ま、あんな奴のことは気にせず、放課後集合しよ」

「う、うん、そうだね」

強引にまとめるメグに、すずが不安げに返す。

蘭はすずたちに聞こえないように、小さくため息を漏らしてしまった。

ああいう奴を怒らせるのが一番面倒だからだ。

さらにお金を持っているとなれば、何をしてくるかわかったものじゃない。

クラン立ち上げの件もあり、とても憂鬱《ゆううつ》になってしまった蘭が視線を向けた窓の外では、重い雲が支配する空から大粒の雨がしとしとと降り続けていた。

＊＊＊

クラスメイトとクランを立ち上げる——

昼休みにすずの口から放たれた言葉を思い出す度に、エドガーはどんよりとした気持ちになってしまう。クランにはもう参加しないと心に決めていた。

ルールに縛《しば》られるのはごめんだし、人付き合いに気をもむのはもっとごめんだ。

だが、すずたちに反対の言葉を口にすることができなかった。

ここで異を唱えたところで、エドガーをメグに対する盾にするつもりだったアンドウやヤマブキは納得しないだろうし、その結果残るのは、気まずい雰囲気だけだとわかっていたからだ。

「エドガー君、メグたちが狩りをはじめたみたい」

「……え？」

エドガーは、すずのそんな声ではたと我に返った。そして、風に乗って運ばれてきた潮の香りで、トレーニングルームから港街クレッシェンドへと移動していたことに気がついた。

「すぐ近くの海沿い。とりあえず『クラブシザー』と『リザードマン』の素材を狙ってるっぽい」

「そ、そうか」

クラブシザーは低レベル向けのカニ型Ｍｏｂで、リザードマンと同じく最初に狩ることになるＭｏｂキャラだ。もちろん狩りに出ているのは、メグだけではない。

戦士《ファイター》のアンドウに騎士《ナイト》のヤマブキも一緒だ。

「素材集め班がＭｏｂを狩って戻ってくる前に、買い物終わらせとかないとね」

「そうだな」

エドガーがクランクエストの内容をメグから聞いたのは、ログインしてすぐだった。

それもアンドウ、ヤマブキと出発する寸前、「ついでに話しとくけど」という軽い前書きを添えてだ。

既にログインしていたメグは、クランクエストをハンターズギルドで受注していた。

クランクエストで納品に指定されたアイテムは「レザーメイル」と「ボーンソード」だった、とメグは言う。

レザーメイルは「トカゲの皮」二つと「革紐」ひとつ、ボーンソードは「カニの爪」ひとつに「獣毛」二つで生成でき、どれも素材屋で購入するか、周囲の雑魚《ざこ》Ｍｏｂを狩れば入手できるレベルのものだ。

二つとも必要素材数が少なく、レアリティも低い初心者向けの生産武具。

しかし、ひとつ問題があった。

納品は「レザーメイル」と「ボーンソード」各二十個ずつで、かなりの量の素材を手に入れる必要があったのだ。

全員で各素材を入手するために回っても良かったが、プレイできる時間に制限がある。

ゆえにメグは、メンバーを二つに分けて入手する計画を立てていた。

アンドウとヤマブキ、そしてメグがＭｏｂを狩る素材集め班。

ログインが遅れたエドガーとすずのふたりが、レシピ＆素材購入班という具合だ。

「やっぱり『素材集め班』の方が良かった？」

「ん？」

ぼんやりと生産レシピのことを考えていたエドガーに、すずがためらいがちに訊《たず》ねた。

「エドガー君は前衛クラスだし、久しぶりにＭｏｂ狩りしたかったでしょ？」

「ああ、いや大丈夫。ログインが遅れた俺が悪いんだし、それに、すずさんをひとりで買い物に行かせるわけにはいかないだろ」

考える必要もなく、エドガーは即答した。

メグから班を二つに分けたいと聞いたとき、どちらにしろエドガーは素材購入班に入ろうと考えていた。Ｍｏｂ狩り班の方に人員を割《さ》かなくてはならないだろうし、すずたちがログアウトした後、アランでプレイしているため、フラストレーションはゼロだからだ。

一番気にかけるべきは、アランでのプレイのせいで起きている慢性的な睡眠《すいみん》不足の方で、しかも今、眠気がマックスだということだ。

「だから気にすることはない……って、あれ？」

エドガーがすずの空気の変化に気づくのが遅れてしまったのは、その眠気のせいだったのかもしれない。異変に気がついて、すずのフードを覗《のぞ》き込むと、なぜか彼女は不満げな表情だった。

「ど、どうした？」

「エドガー君。それって、どういう意味？」

「……え？」

放たれる刺《とげ》のあるすずの視線。

エドガーにはすずが一体何を言っているのかわからなかった。

だが、何かが原因ですずの機嫌をそこねてしまったことだけはさすがにわかる。

じゅくり、と下腹部に緊張に似た痛みが走る。

一体いつ地雷を踏んでしまったのか。

「確かに、私は頼りないけど、買い物くらいはできるから」

「……あ」

エドガーの頭に、浮かんだのは、先ほど自分が口にした言葉だった。

すずさんをひとりで買い物に行かせるわけにはいかない――

その瞬間、エドガーは全身から血の気が引いてしまった。

「ち、違う、勘違《かんちが》いだ。確かにすずさんをひとりで行かせるわけにはいかないと言ったが、そういう意味じゃない。ほら、侍狩りの件とか色々あるだろ。心配だったのはそっちの方で」

エドガーの言葉に嘘はなかった。たとえ街が襲われることがない安全な場所だとしても、嫌がらせをされたり、ハラスメント行為を受ける可能性は十分にあると考えていたからだ。

「……ふふ」

そして、慌《あわ》てふためくエドガーの耳を撫《な》でていったのは、嬉しそうなすずの笑い声だった。

「ゴメン、冗談《じょうだん》」

「……へ？」

「なんだかずっと渋《しぶ》い顔をしているから、からかっちゃった」

こちらを見つめるすずは、いつのまにか先ほどの不満げな空気をまとってはいなかった。

小さく肩を震わせながら、ごめんね、と謝るすずを、エドガーは呆けた顔で見つめていた。

彼女の仕草は、釣られて笑顔をこぼしてしまいそうになるほど魅力的だ。

だが、エドガーの中に生まれたのは、愛《いと》おしいという感情ではなく、あれほど真に迫った演技ができるすずに対する畏怖《いふ》の感情だった。

「う……と、とりあえず素材を買う前にレシピを見にいこうか」

クレッシェンドの街を吹き抜ける湿った風に、すずのフードからこぼれる栗色の髪が大きく躍《おど》る。

美しい髪を小指でかきあげながら、笑顔で頷《うなず》くすず。

その姿を見て、エドガーは改めて女性という生き物の得体のしれない手強《てごわ》さを感じたのだった。

＊＊＊

納品が必要な「レザーメイル」は【革防具生成書Ⅰ】、「ボーンソード」は【片手剣生成書Ⅰ】で生成可能な生産入門者用の生産アイテムだった。

クランクエストは、受ける度に納品アイテムが変化するものの、大抵が生産入門用レシピで生産可能なアイテムになる。

クランを立ち上げるためになぜわざわざそのような入門者用の装備を大量に納品しなくてはならないのか、と批判《ひはん》の声もあった。だが、この部分だけは幾度のバージョンアップでも修正されることはなかった。

ＶＲＭＭＯという新しいジャンルでは、どうしてもＭｏｂ狩りやｐｖＰという戦闘にばかり目が行きがちになってしまう。しかし運営には、意外と奥が深い生産にも注目してほしいという思いと、生産のスキルアップにこのクエストを活用してほしいという思いがあった。

ちなみに、クランを作りたいが、生産するのは面倒だというプレイヤーのために、オークションやソーシャルショップで納品アイテムやその生産に必要な素材が数多く出品されている。そしてそれは主に初心者の重要な収入源になっており、さらにはゲーム内通貨を支払うことで面倒な生産を代行する「生産屋」と呼ばれるプレイヤーも生むことになった。

批判《ひはん》は未《いま》だにあるものの、生産でもこうした盛り上がりを見せているところからすると、運営の考えは正解だったとも言える。

「兄さんたち、クラン作るのかい？」

美しいクレッシェンドの海が一望できる浜辺沿い。

ブックショップに足を運んだエドガーとすずにそう声をかけたのは、丸メガネをかけたＮＰＣの店主だった。

「私たちがクランを作るって、どうしてわかったんですか？」

「いや、生産っつーのは地味にひとりでやるモンだろ？　ここに来る奴らはほとんどがそんなもんさ。だが、あんたらはふたり……それも男女の『カップル』ときちゃあ、クラン以外にねえだろ？」

「……ッ!?」

クラン作ってデートだなんて全く羨《うらや》ましいねえ、とニヤけるブックショップの店主に、エドガーとすずは、同時にむず痒《がゆ》い羞恥《しゅうち》に駆られてしまった。

「カ、カップルとかじゃないですから！」

「いやあ、初々《ういうい》しいねえ。ふたりだけの時間を作りたくてクランを立ち上げるなんて妬《や》けるぜ。俺も昔はカミさんと」

「うおっほん！」

にやけた表情のまま、昔話に花を咲かせようとした店主の声を、エドガーの咳払《せきばら》いが一瞬で吹き飛ばす。一体どういうプログラミングをされてるんだと突っ込みたくなってしまったが、その言葉は冷たい視線で代替した。

「つれないねえ兄さん。心に余裕がないと彼女に嫌われるぜ？」

「だから違うっつの」

「ヒヒ、あいよ。【革防具生成書Ⅰ】に【片手剣生成書Ⅰ】ね。素材購入は街の東にあるオークションか素材屋、それに広場に出てるソーシャルショップを使いな」

「どうも。行こう、すずさん」

「う、うん」

これ以上ここにいたら、何を言われるかわかったものじゃない、とエドガーはひったくるようにレシピを受け取ると、一目散にブックショップを飛び出した。

解き放たれた扉の向こうから、冷えた空気が流れ込む。

エドガーにはその風が異様に冷たく感じてしまった。

動揺していない、と言えば嘘になってしまう。

だから、耳に飛び込んできたその言葉に、エドガーの心臓は大きくはねてしまった。

「そういう人って、多いのかな？」

潮の香りとともにエドガーの耳に届いたのは、小さなすずの声。

純白のフードをしきりにいじりながら、どこか恥ずかしそうにちらちらと視線を送っているとても愛くるしいすずの姿は、直視できないほどの破壊力があった。

「さっ、さっきのカップルでクラン、って話？」

「うん」

少しうつむき気味にすずが返事をする。

「確かにそういう話は聞いたことがある。なんというか、口説《くど》き文句に使うプレイヤーもいるらしい」

「どういうこと？」

「つまり……その……男性プレイヤーが女性プレイヤーに『一緒にクラン作ってほしい』みたいな」

「それが……告白、ってこと？」

「まあ、そういうことらしい」

なんとも馬鹿馬鹿しい話だ、と顔を顰《しか》めながら語るエドガー。

だが、すずは感心したようにため息を漏らす。

「そうなんだ。知らなかった」

「雑誌で読んだことがあるんだが、実際、本当にカップルになった人たちもいるらしい」

「……え！　ホントに!?」

「あ、ああ。確か記事ではそう書いてあった」

あのＮＰＣ店主が語ったこと。

変な話だが、男性プレイヤーが女性プレイヤーを口説《くど》く文句として「一緒にクランを立ち上げよう」という言葉が使われることが本当にあった。

その言葉が使われるようになったのは少し前、ドラゴンズクロンヌで実際にカップルが生まれたという記事が、とある雑誌に特集されてからだった。

ふたりだけのクランを作って、この世界で生きよう、というのが、その女性プレイヤーが言われた言葉らしい。それ以降、クランを一緒に立ち上げることが、この世界で「愛を伝える行為」になっているとのことだった。

「でも確かに、ピンチに颯爽《さっそう》と現れて敵を片っ端から倒した後にそんなことを言われたら、オッケーしちゃうかも……」

顎《あご》に指を添えながら、何かを考えている様子のすず。

その表情は、何か思い当たるふしがありそうなのだが、気のせいだろうか。

「すずさん？」

「え？　……あ！　いや、ううん、なんでもない」

すずは、まるで考えていたことをかき消そうとするかのように、必死で頭の上で手をぱたぱたとさせる。

「その雑誌では『超ド級の吊り橋効果だ』って言ってたから、まあ、そういうことだと思う」

「そ、そうだね。うん、きっと吊り橋効果だ。よし、この話はおしまい」

そう言って、自分から切り出した話をすずは強引に終了させた。

そして、まるで嵐のように過ぎ去ったすずの言葉が残したのは、重苦しい沈黙。

辺りに聞こえるＮＰＣやプレイヤーたちの話し声が、ふたりの間に佇《たたず》む沈黙を余計にくっきりと浮かび上がらせる。

変な感じになってしまった。

この空気をどうすれば良いかわからないエドガーは、視線をふわふわと泳がせる。

自分が何かマズいことを言ってしまったのだろうか。

エドガーがそんなことを思ってしまった矢先だった。

「すずちゃん」

素材屋やよろず屋など、色々な店が立ち並ぶ街の広場。

エドガーたちの背後から放たれたのは、神経を逆撫《さかな》でするような独特の声だった。

「こんなところでばったり会うなんて、俺たちやっぱ赤い糸で結ばれてるんじゃないかな?」

「……え?」

振り向いたエドガーの目に映ったのは、短く刈《か》り上げた、ブラウンのツーブロックヘアに浅黒い肌の男。その男は全く見覚えのないプレイヤーだった。

「えっと……どちら様ですか?」

小さく首を傾《かし》げつつ、すずが問う。

もしかするとすずの知り合いかと思ったエドガーだったが、すずの表情を見る限り、知り合いではなさそうだ。

「やだなあ、わからない? 僕だよ」

「僕……?」

すずに微笑《ほほえ》む男。

眉を顰《ひそ》めるすずの表情が、驚きに変わり、そして次第に青ざめていった。

「まさか……」

「やっとわかった？　いやあ、せっかくだから始めてみたんだ。よろしくね、すずちゃん」

男の姿。軽い空気。

そして、どこか鼻につく笑顔——

ざわり、と背中に感じた悪寒《おかん》とともに、エドガーにも男の正体がはっきりとわかった。

「お前、まさか」

昼間の嫌な予感は的中してしまった。

やけに簡単に引き下がると思った。

ショッピングをキャンセルして、UnChainから何からすべてを一日で買い揃えたということか。

この男、間違いなく昼休みに絡んできたクラスメイト、伊藤良純だ——

「いや、始めるまではバカにしてたけど、意外と凄《すご》い世界だね」

伊藤……この世界では「よっしー」と名乗っている男が薄笑いを浮かべた。

クラス「騎士《ナイト》」。

ヤマブキもそうだが、騎士《ナイト》は女好きに人気があるクラスなのだろうか。

しかし、とエドガーはよっしーの装備を吟味《ぎんみ》する。

始めたばかりのレベル一だが、装備はとても豪華だった。

取得経験値がブーストされる黄金の鎧「アヴィーチャメイル」に、スキル発動時の消費スタミナが半分になる「アヴィーチャアーム」、そして状態異常無効効果がある「剛勇のマント」。

そのどれもが、リアルマネーで購入できる最高級の課金装備。

とりあえず一番高価な装備を課金で入手したという、いかにも彼らしい始め方だが、そこらの始めたばかりのプレイヤーでは歯が立たないだろう。

「わ、私たちに何か？」

すずが震える手を押さえながら、そう返した。

まさかこちらの世界まで追ってくるとは思ってもみなかったのだろう。

「よくよく考えたんだけどさ。こういう趣味があるのも良いのかなあって」

よっしーがゆらり、とすずに歩み寄る。

「そうすれば、すずちゃんも気兼ねなく僕とデートできるだろうし？　一緒にいられるだろ？」

良いアイデアだと思わない？　と続けるよっしーに、すずは怯《おび》えたような表情を返す。

断られることを微塵《みじん》も考えていない、伊藤らしい言葉ではあるが、なんと身勝手過ぎる発言だろうか。

「悪いが」

その姿を見ていられなくなったエドガーが、よっしーの視界を遮《さえぎ》るようにすずの前に出る。

だが、どうやらエドガーの姿が全く目に入っていなかったらしく、突然現れたエドガーによっしーは怪訝《けげん》な表情を浮かべた。

「君は、誰だ？」

「あんたと同じ、すずさんのクラスメイトだ」

「……クラスメイト」

その言葉に、よっしーはエドガーの顔を訝《いぶか》しげに見つめる。

だが、すぐに興味がないと言いたげに小さく鼻で返事をした。

「うん、わからないな」

「わからなくていい。すずさんは俺とちょっと急ぎの用事があってね。あまりゆっくりしていられないんだ」

エドガーの言葉に、一瞬よっしーの目に苛立《いらだ》ちの色が滲《にじ》んだが、すぐにそれは笑顔の向こうに消えた。

「……へえ、君との用事って何？」

「あんたに教える必要はない」

よっしーの表情から、今度は笑みが消えた。

「……お前、すずちゃんの何？」

穏やかな口調と裏腹に、剥《む》き出しにされる明らかな敵意。

とっさに身構えてしまったのはエドガーの豊富な経験ゆえ、仕方がないことだった。

しかし、それが仇《あだ》となってしまった。

よっしーが呼応するように、腰に携えていた剣の柄《つか》を握りしめたのだ。

エドガーの背後からすずの悲鳴のような声が聞こえた。

だが――

「あれ？」

剣の柄《つか》を握りしめたまま、固まってしまうよっしー。

何度も力任せに剣を鞘《さや》から引き抜こうとするも、当然のことながらびくとも動かない。

どうやら彼は街で武器を抜くことができないのを知らないようだった。

「念のため言っておくが、街で剣は抜けないぞ」

「へえ、そうなんだ」

よっしーは納得したように剣の柄《つか》から手を離すと、オーバーリアクション気味に肩をすくめてみせた。

そんなつもりはない、と言いたげだが、それを信じるほどエドガーも単純ではない。エドガーは、このままＰｖＰが可能なフィールドに出るべきか、と考えた。

彼のようなしつこい輩は運営に通報するのが最善だが、その前に、自分たちに近づけば危険だということを体に教えてやる必要があるからだ。

よっしーはプライドで生きているような男だ。

見知らぬ男にぶざまにやられてしまえば、もう二度と近づいてくることはないだろう。

だが、エドガーの考えは不意に放たれた声が消し去った。

「よっしーくんには悪いけど、今はエドガーくんとクラン立ち上げのためのクエスト中なんです」

耳心地のいいその声はすずのものだった。

すずの目は、どうにか穏便に済ませたいと語っていた。

嫌な奴であっても、よっしーは知り合いで同じ学校のクラスメイト。問題は起こさないでほしいと無言で語りかけてくるすずに、エドガーはバツが悪そうに頭をかいた。

「まあ、そういうことなんだ。だから今日は」

続く「このまま帰ってくれないか」という言葉をエドガーは呑《の》み込んでしまった。

よっしーが何かを企んでいるような、含みのある邪《よこしま》な笑みを浮かべたからだ。

「それは奇遇だね。実は僕も、すずちゃんにクランのお誘いをしようかと思っていたんだ」

「……なんだって？」

予想していなかった言葉に思わずぎょっとしてしまったエドガー。

だが、よっしーは軽く一瞥《いちべつ》しただけで、気にする様子もなく続ける。

「調べたところによると、この世界ではクラン立ち上げを女性に申し込み承諾されると、カップルとして成立するらしいじゃないか。だから、僕はすずちゃんに正式に申し込もうと思ったんだ」

そう言って、よっしーはすずの前に跪《ひざまず》き、うやうやしくその手を取る。

「すずちゃん、僕とクランを立ち上げよう」

「……なッ⁉」

あっけにとられていたエドガーは、とっさに反応できなかった。

まるで麗《うるわ》しい姫君に仕える騎士が、自らの愛と忠誠を示すかのようなよっしーの手慣れた動き。

そして、物理的に危害が加えられないこの場所でエドガーができるのは、異議を申し立てることくらいだった。

「どういうつもりだ？　すずさんは俺たちと――」

「うるさいね。君がすずちゃんの何なのかは知らないが、たとえ恋仲であったとしても、僕には関係ない」

エドガーを嘲笑《あざわら》うかのように、よっしーはすずの手を離すと、剛勇のマントを翻《ひるがえ》し、本物の騎士のごとく悠然《ゆうぜん》と立ち上がる。

「たとえ話で言うだろ？『ゴールキーパーがいても、ボールは蹴《け》るべきだ』って。もちろん僕は蹴《け》る。なぜなら、僕には華麗にゴールを決める自信があるからだ」

これは、完全に裏目に出てしまった、とエドガーは歯がみした。

よっしーは、エドガーをすずの恋人だと思い込んでいる。

プライドが高いよっしーのことだ。ここで「違う」と否定しても結果は変わらないだろう。

そして、こういったことに無頓着《むとんちゃく》なエドガーでも、続く言葉を予想するのは容易《たやす》かった。

「だから、勝負しようじゃないか」

「しょ、勝負？」

そう返したのは、動揺を隠せないすずだ。

「僕と君……エドガー君。どちらがすずちゃんにふさわしい男なのか、勝負しようじゃないか」

ああ、やはりそうなってしまったか。

エドガーは嫌な予感が的中してしまい、ふらりと気が遠くなった。

「よっ、よっしーくん⁉　ふさわしい男って」

「いいかエドガー君。これから君とｐｖＰをしても良いが、あいにく僕は弱者をいたぶる趣味はない。勝負はフェアでなければならないだろう？」

どこからそんな自信が湧《わ》いてくるのか、と聞きたくなるほど、自信にあふれた表情で語るよっしー。

別にｐｖＰでも良いのだが、とエドガーは引きつった笑みを浮かべ返した。

「そこでだ。どちらが先にクランを立ち上げられるかで勝負しようじゃないか。君が勝ったら、僕は素直に身を引こう。だが、僕が勝ったら……すずちゃんは僕とふたりでクランを立ち上げる」

「……ッ⁉」

よっしーはわざとらしく「ふたりで」の部分を強調する。

腹部に重苦しく、苦い痛みが走った。

「ん、どうした？　怖気《おじけ》づいたのかな？」

よっしーが腹立たしい笑みを向ける。

正直なところ、エドガーは狼狽《ろうばい》していた。

これまで、自分のためにのみ剣を取ってきたエドガーにとって、誰かのために戦うというのは初めての経験だったからだ。それも、力やテクニックではどうすることもできない勝負。

しかし、一方でこれは好機なのかもしれない、とエドガーは考えていた。

この勝負は、こちらから提案したものではなく、よっしーが言い出したことだ。

彼が提案する勝負できっちりとけじめを付けることができれば、手を引いてくれる可能性はある。

よっしーのようなプライドの高い男は、自分で言い出したことを覆《くつがえ》すような真似《まね》はしないだろう。

もしそんなことをしたら「口だけの男」という噂《うわさ》が広まり、学校での地位が崩れてしまうからだ。

さらに、街中《まちなか》で武器を使えないのも知らなかったことから、よっしーはクランの立ち上げ方を知らない可能性がある。

「すずさん」

だが、エドガーは己の一存だけでこの勝負を受けるか判断するわけには行かなかった。

すずがよっしーと付き合う、なんてことはないと思うが、この勝負の結果によってはよっしーに付きまとう理由を与えることになるからだ。

迷惑を被るのは、エドガーではなく、すず。

「彼の言っている勝負、受けるか受けないかは、すずさんに任せるよ」

「え？」

「勝負を受けても良いし、無視して去っても良い。だが、もし勝負に勝てば、彼からのアプローチはなくなると思う」

その言葉に困惑した表情を返すすず。

少し無責任な発言か、と思ったエドガーは小さい深呼吸を挟み、続けた。

「ちなみに、勝負になったら負けるつもりはない。そこは心配しなくていい」

「エドガーくん……」

まるで氷が溶けるように、すずの表情から不安の色が消えたのがわかった。

「わかった。ありがとう、エドガーくん」

「任せてくれ」

エドガーが自信に満ちた笑顔を返す。

よっしーがそうであるように、エドガーにも自信があった。

そして、その自信を後押しするのは、はにかむようなすずの笑顔だけで十分だった。

「さあ、どうするエドガー君？　正々堂々と勝負しようじゃないか」

「いいだろう。その勝負受けて立とう」

よっしーの顔を見据えたまま、はっきりと言い放つエドガー。

「よし」

よく言った、と言いたげによっしーが頷《うなず》く。

「タイムリミットは今から二時間後。またこの広場に集まろう。そのときお互いにクランを立ち上げていた場合は、設立時間を見てジャッジしよう」

「わかった」

エドガーはメニュー画面を開き、現在時間を確認した後、こくりと頷《うなず》く。

集まるのは二十四時。だが、二時間どころか、一時間で片付けてやる。

エドガーはもう一度よっしーを睨《にら》みつけると、すずの手を取り、その場を後にした。

プレイヤーやＮＰＣが行き交うクレッシェンドの広場。

その喧騒《けんそう》はエドガーの耳には入っていなかった。

＊＊＊

「えっ、なにそれ！　伊藤ナヨ郎また来たわけ!?」

潮風に乗りクレッシェンドの街に広がっていったのは、呆《あき》れ返るメグの声だった。

「なんだ、そのナヨ郎って」

「女ったらしのナヨナヨした野郎ってことよ！　あんの野郎、こっちまで追っかけてきたワケ？」

「ああ……」

そういう意味か。

歯がゆそうに奥歯を噛《か》みしめるメグを見ながら、エドガーが理解できたと頷《うなず》く。

物資補給のためにクレッシェンドに戻ったメグたち三人。

エドガーに勝負の件を聞いて、メグがまず発した言葉がそれだった。

「なんつーか、そんなことになってンだったら、もっと気合入れてやらねえとまずいよな。アイテム補充してさっさと戻ろう」

「でもさあ、あいつかなりねちっこい性格だから、色々と妨害《ぼうがい》してくると思うぜ？」

アンドウにそう返したのはヤマブキだ。同じチャラい系統に属する彼は、よっしーの行動パターンを熟知しているようだった。

「妨害《ぼうがい》って、もしかしてMob狩りしているメグたちにPKを仕掛けたりとか？」

「いや、それはないと思う。あいつ、周りの目を一番に気にしているから、自分のイメージを悪くすることはやらない。心証が悪いPK行為は特にやらないと思う」

すずの問いに、さらりと答えるヤマブキ。

「だったら、店に売ってる素材を買い占めるとか？」

「いや、それは俺も考えたけど難しいと思う」

メグの疑問にそう答えたのはエドガーだ。

「素材の買い占めは、よっしーお得意のリアルマネーを使っても難しいと思う」

「難しいかな？　素材屋が売る一日の販売数には上限があるじゃん？　もし売り切れになってたらリセットされる二十四時を待つしかなくなるよ？」

メグの懸念はそこだった。

NPCが運営するお店で、素材屋だけは一日で販売できる数に上限が設定されていた。

つまり、素材屋だけはアイテムの「売り切れ」が発生することになるのだ。

「ああ。確かにメグさんが言うとおり、よっしーが期限を二十四時に設定したのは、そういう理由があったんだと思う。この時間は売り切れが発生している可能性がある」

「でしょ？」

「だけど、素材や納品アイテムが売られているのは素材屋だけじゃない。オークションでも売られているし、ソーシャルショップでも販売されている。すべてを確認して買い占めるのは不可能だ」

ソーシャルショップとは、個人で持つことができるいわゆる「露店」のようなシステムを指す。

オークションと違い、ソーシャルショップは売り子としてサポートNPCを配置すれば、オークションが利用できないミューンのような小さな村や、フィールド、そしてダンジョンの最深部でもアイテムを販売することができる。つまり、ソーシャルショップに売られているアイテムや素材をすべて確認し、買い占めることは物理的に不可能なのだ。

「もし、よっしーくんに仲間がいて、彼らが買い占めに走ったとしても無理？」

「無理だよすずさん。もっと入手が難しいアイテムだったら可能かもしれないが、俺たちが必要としているのは初心者でも手に入る素材だ。売っている人を探すだけで時間切れになる」

つまり、需要と供給において、供給側が大幅に勝《まさ》っているのだ。

よっしーがこの世界で顔が利き、数百人規模のプレイヤーを動かすことができれば話は別だが。

「う〜ん、確かにエドが言うとおりかも。とすれば、Ｍｏｂ狩りは中止して、素材を買いに走った方がいい？」

「いや、これまでどおり二班に分けて行動しようぜ。エドガーとすずさんは素材屋とオークション、俺たちはＭｏｂ狩りに行った方が良いと思う」

バックアップ態勢をとっとかないとな、と考える前に行動するアンドウが彼らしからぬ案を出した。

「……そうだね。アンドウ君の言うとおりかも」

「おお、アンドウ、なんか今日は冴えてねえ？」

「今日は、じゃねえ。いつもだ」

へへへ、と鼻をかきながら照れ隠しするが、傍《かたわ》らでアンドウを見つめているメグの視線は冷たい。

「グランドミッションでアタシたちを残したまま、無計画で突っ込んだバカがいたような記憶があるんだけど、気のせい？」

「ぐぬ……あれは……」

「あれは何？　言い訳あるんなら、そこんトコＭｏｂ狩りながらじっくり聞かせてもらおうじゃない」

そう言ってメグは、アンドウとヤマブキの首根っこを掴むと、くるりと踵《きびす》を返す。

何も言っていないヤマブキは完全にとばっちりだ。

「なんというか……メグ、女王様みたい」

「まあ、そういうのが性に合ってるんじゃないかな、多分」

メグの後姿はまるで奴隷を引きつれる女王様のようだった。

自業自得だとはいえ、メグに弱みをがっちり握られてしまっているアンドウたちのさみしげな背中に、エドガーは同情の念を禁じえなかった。

＊＊＊

メグたちと別れたエドガーとすずは、素材屋やオークションをまわることにした。

レシピは既に購入している。

ボーンソードの生産に必要な素材は「カニの爪」に「獣毛」。レザーメイルの生産に必要な素材は「トカゲの皮」に「革紐」。

カニの爪はクラブシザーがドロップするし、トカゲの皮はリザードマンがドロップするため、最優先で購入する必要があるのは獣毛と革紐だ。

もちろん何があるかわからないので、ドロップ品であるカニの爪とトカゲの皮も見つけ次第購入するつもりだった。

「必要なのは、ボーンソードとレザーメイル各二十個だよね？」

「そうだ。どの素材もそう高いものじゃないし、数も決まってるから今の手持ちで買えるはず」

アイテム生産に「成功率」が設定されているゲームもあるが、ドラゴンズクロンヌでは生産は百パーセント成功する。

その代わり、生産する武器のステータスには変動値があるし、生産スキルレベルによっても能力が上下するという仕組みだ。

だから、良い武器を作るには必要数以上に素材を手に入れて生産に挑む必要がある。

何度も同じ武器を作り、少しでも能力が高い武器を作るためだ。

だが今回は、指定された武器を納品するクエストなので、武器のステータスは関係ない。

予備の素材は買う必要がないから、最低限必要なお金も決まってくる。

それを考えると、十分手持ちのお金で買えるはずだった。

「いらっしゃい」

扉を開けたエドガーの耳に優しげな店主の声が飛び込んできた。

まずエドガーたちが向かったのは、広場近くの素材屋だった。

そこまで広くない店内には色々な素材が並べられている。これらは別にここで販売されている素材ではなく、単なる飾りなのだが。

「すみません、獣毛と革紐を各二十個ずつ欲しいのですが」

Ｍｏｂ狩りに出ているメグたちのお金を預かることになったすずが問いかける。

「獣毛と革紐、ね。ちょっと待ってな」

そう言って手元にあったリストを見やる店主。

リストに載っている素材名を上から順になぞりはじめたが、その指はあっという間にリストの最下部まで到達してしまった。

「すまんね。二つとも今売り切れ中だ」

「やっぱり、か」

傍《かたわ》らで聞いていたエドガーが呟《つぶや》いた。

メグの予想どおり、素材は売り切れていた。

「ちなみに誰が購入したか覚えているか？」

「獣毛と革紐を買っていった人？　うーむ、どんな人だったかな」

「なんかこう、ナヨナヨっとしてて、遊んでそうな男の人じゃなかったです？」

エドガーに続き、間髪《かんはつ》をいれずすずが問う。

なんとも直接的な表現だとツッコミたくなったのは伏せておく。

「ん～……いやスマン、結構色々な人が来てるからね。覚えてないよ」

「そうですか……」

「嬢ちゃん、その素材そんなに欲しかったのか？　なら、あと一時間ほどで補充されると思うんだが」

すずの落胆っぷりに慌《あわ》ててフォローを入れる店主をよそに、エドガーは視界の端に映っている時計に視線を送った。

既によっしーとの勝負が始まって三十分近くが経過している。

素材を買い占めたのがよっしーだとすれば、こちらが一歩出遅れている。

こんなところで油を売っている暇はない。

「いや、大丈夫だ。行こう、すずさん」

「スマンね。また来てくれよ」

申し訳なさそうな視線で見送られ、ふたりは素材屋を後にした。

沈痛な面持ちのすず。だがエドガーの表情にまだ焦《あせ》りはない。

「大丈夫だ、すずさん。買い占めているのがよっしーかどうかもわからないし、売り切れていたのは想定内だ」

「……うん、そうだね」

「オークションに行けば購入できる。問題ない」

獣毛はラバスタ林地で現れるＭｏｂがドロップする素材で、そもそも革紐はトカゲの皮から生成できる。遠出できないエドガーたちには手に入れることが難しいが、それらはカニの爪とトカゲの皮と同じく、初心者にとって重要な収入源になる素材だ。

オークションでの出品数も多く、品切れになってる可能性はない。

「でも急ごうエドガーくん。なんだか嫌な予感がする」

すずはドラゴンズクロンヌの経験が浅いが、全く無知なわけではない。

それらの素材がこの街を拠点にしているプレイヤーたちの収入源になっていることは知っているだろうし、多分、今までにオークションに出品したこともあるはず。

だが「考えすぎだ」と口にできないのは、先ほどのようにすずがいじけてしまうと考えたからではなく、心のどこかで油断できないとエドガー自身も思っているからだ。

「ああ、そうだな。急ごう」

エドガーがこくりと頷《うなず》く。

不安に苛《さいな》まれるすずを連れ、エドガーはオークションハウスへと足早に向かった。

＊＊＊

オークションハウスは、その名のとおりプレイヤー同士で商品の売買を行う場所だ。

五段階あるレアリティのうち、下から三段階「コモン」「アンコモン」「レア」までのものしか出品できない。だが、アイテムや生産の素材、武器防具に至るまで、ありとあらゆるものを出品することが可能になっている。

また、オークションは街単位で行《おこな》っているものではなく、すべてのプレイヤーが同じオークションを閲覧することになる。

例えば、クレッシェンドにいるプレイヤーが、遠く離れたヴェルニュートで出品されたアイテムを購入することもできるという具合だ。

つまり、特定の街のオークションハウスが賑《にぎ》わうことはあまりない。

ゆえに、クレッシェンドのオークションハウスの扉を開いたエドガーとすずは、その光景に驚きを隠せなかった。

「なんだか凄《すご》い人の数……こんなにオークションって利用者いたかな？」

オークションハウスに入ったエドガーたちの目に飛び込んできたのが、店内にひしめくプレイヤーたちの姿だった。

いつもであれば、まばらな数のプレイヤーしか利用していないはずだが、オークションボードの前では数多くのプレイヤーが集まっている。

オークションハウスには、オークションボードと呼ばれる、出品されたアイテムを掲示するボードがいくつか設置されている。

このボードの周囲数メートルに近づけば、メニューからオークションメニューを開くことができ、出品や落札が可能になるという仕組みだ。

「確かに多すぎるな。俺もこれほどたくさんのプレイヤーが集まったところは見たことがない」

「私、素材見てくる」

「ああ」

嫌な予感が拭《ぬぐ》えないすずが、小走りでオークションボードへと向かう。

プレイヤーたちをかき分け、人混みに消えていくすずを見送り、エドガーは辺りを見渡した。

「さて、どうするか」

このまま待っていても良いが、この異様な状況はさすがに嫌な予感しかしない。

そう考えたエドガーが無意識に手に取ったのが、オークションハウスに設置されている小さな冊子「レートブック」だった。

レートブックとは、今現在売買されているアイテムの相場が書かれた冊子だ。

リアルタイムで多くのアイテムが売買されているため多少の誤差はあるが、オークションに出品されているアイテムが大体どのくらいの金額でやりとりされているか「相場」がわかる。

「トカゲの皮は……」

ぱらぱらとページをめくり、エドガーは目的の素材を検索していく。

トカゲの皮にカニの爪、獣毛に革紐――

アイテムの種類別に細かく分類されているレートブックでそれらのアイテムを探すには、そう時間がかからなかった。

だが、レートブックに表示されていた値段に、エドガーは目を疑った。

「……なんだこの値段は」

欲していたそれらの素材は、素材屋で売られている値段の十倍以上の金額で取引されていたのだ。

ありえない。

もう一度しっかりと調べ直すエドガーだったが、何度見ても相場金額は間違っていない。

「どういうことだ？」

通常、こういった初心者でも手に入れることができるアイテムが値上がりすることはありえない。

供給過多になり、アイテムが余ってしまうからだ。

だが、レートを見る限り、相場は確実に上がっている。ということは、需要と供給のバランスが逆転し、供給が少なくなっているということだ。

「エドガーくん！」

眉根を寄せながら考えこんでいたエドガーの耳に、慌《あわ》てたすずの声が飛び込む。

「全部売り切れてる！」

「なんだって？」

「トカゲの皮もカニの爪も、獣毛も革紐も、全部出品されてないよ！」

「嘘だろ!?」

エドガーは思わず驚嘆《きょうたん》の声を上げてしまった。

「見間違いじゃないのか？」

「ううん、何度も確認したから」

信じられなかったエドガーは、すずとともにオークションボードに向かい、リストを表示させた。

皮素材から、名前順に表示をソート。トカゲの皮を検索。

出品数――ゼロ。

「……マジかよ」

「エドガー君、トカゲの皮の売買履歴見て」

何かを発見したすずの声がはねる。

売買履歴とは、そのアイテムのこれまでの落札履歴のことだ。

すずに促されるまま売買履歴を見たエドガーの表情が強張《こわば》った。

「嘘だろ。なんでこんなに多くのプレイヤーがトカゲの皮を？」

履歴に載っていたのは、把握《はあく》しきれないほどのプレイヤー名だった。

時間を追って見たところ、売買が過熱しはじめたのは一時間前ほどから。最終取引は十分前。

膨大な数のプレイヤーが、先を争うようにトカゲの皮を購入している。

そしてその異様な光景は、トカゲの皮だけではなく、カニの爪や獣毛、革紐にも起きていた。

「落札者を見る限り、よっしーくんが買い占めているわけじゃなさそうだし、これって……」

「だが落札している場所は他の街じゃない。ここクレッシェンドだ」

「まさか、よっしーくんの仲間が？」

「いや、それはないと思う」

素材を落札しているのは、今ここにいるプレイヤーたちと考えて間違いない。

見たところ、レベルもバラバラだし、所属しているクランも違う。彼らに共通点はない。

彼らがよっしーとつながっている可能性は限りなくゼロだ。

「すまない、ちょっと聞きたいことがあるんだが」

考えてもわからないことは、理由を知る彼らに直接訊《たず》ねる以外ない。

そう考えたエドガーが、隣に立っていたクラス「戦士《ファイター》」のプレイヤーに声をかけた。

「あんたもトカゲの皮を狙ってるのか？」

「ンなこと聞くまでもねえだろ」

視線をオークションボードに向けたまま、めんどくさい、という空気をこれ見よがしに放つ戦士《ファイター》。

多分、売り切れているトカゲの皮やカニの爪が出品されるのを待っているんだろう。

出品されるその瞬間を逃せば、素材は他のプレイヤーの手に渡ってしまう。この場所にいる全員がライバルという状況で話しかけられたら、嫌がらせと思っても仕方がない。

「なぜあんたたちはトカゲの皮を？」

「金になるからに決まってんだろ」

「……？　金になる？　トカゲの皮が？」

素材屋で販売されていて、さらにはＭｏｂ狩りでも手に入るようなアイテムは、素材屋で買える価格の八割ほどで取引されることが多い。

そんな安価な素材が高騰《こうとう》するタイミングはひとつ。

バージョンアップで生産アイテムが追加されたときだ。

これまで見向きもされなかった素材にプレイヤーたちが群がり、一時的に素材が枯渇《こかつ》し、取引価格が跳《は》ね上がる。だから、情報がリークされたタイミングで素材を安く購入し、値がつり上がったときに売却すれば、その差額で大きな儲《もう》けを出すことができる。

先物取引にも似た、シンプルな転売の仕組みだ。

だが、今回は違う。

トカゲの皮やカニの爪に関して、生産アイテムが追加されたという情報はない。

「なぜトカゲの皮が金になるんだ？」

「うるっせえな！　ンなもん自分で調べろ！　広場にいきゃあわかンだろ！」

「広場？」

疑問がエドガーの頭を支配する。広場に一体なにがあるのか。ふとすずに視線を送るが、すずも理由が皆目見当もつかないようで、同じように首を傾《かし》げる。

「わからないけど、とりあえず広場に行ってみようよ」

「そうだな」

トカゲの皮が最後に取引されていたのが十分前。つまり、それ以降出品されていない。

入手しやすいトカゲの皮がオークションに出品されていないということは、その素材はどこか別の場所に集まっているということだ。

ここで待っていてもいたずらに時がすぎるだけか。

そう判断したエドガーはすずに小さく頷《うなず》いてみせると、くるりと踵《きびす》を返し、ギスギスした空気が立ち込めるオークションハウスを後にした。

＊＊＊

広場にトカゲの皮が高く売れる秘密がある。

あの戦士《ファイター》の言葉を頼りに、広場で聞き込みを開始しようと考えたエドガーだったが、そんな必要はなかった。

「あれは……」

広場の一角。ソーシャルショップの売り子たちが並んでいる中で、ひときわ人だかりができている場所があった。まるで、この世界に有名人でも現れたのかと思ってしまうような人だかり。

その中心に立つひとりのプレイヤーがちらりと見えた。

浅黒い肌にツーブロックのブラウンヘア。

周囲に笑顔を振りまく、軽い空気の男——

とても見覚えがある男だった。

「……よ、よっしーくん？」

そこにいたのは間違いなく、エドガーに勝負を挑んだ「ナヨ郎」こと、よっしーだった。

「やあ、すずちゃん。それにエドガー君」

笑顔でエドガーたちに手を振るよっしー。

こちらを茶化しているような素振りに、思わずエドガーは顔を顰《しか》めてしまう。

「何をしている？」

「何をしてるって、見てわかるだろ？」

「わからないから聞いている」

よっしーの周りに群がっているのは、ＮＰＣではなくプレイヤーだというのはわかるが、なぜ集まっているのかはわからない。

「はあ、これだから凡人は。僕は今、彼らを救済するために、とある素材を買い取っているのさ」

「……なんだって？」

「このゲームを始めたばかりのプレイヤーは貧乏なんだろう？　だからそんな彼らを助けるために、僕が一肌脱いでるってことさ……っと、ありがとうね～」

そう言っている最中も、よっしーは群がるプレイヤーからアイテムを受け取り、代わりにゲーム内通貨のマニラを渡している。

よっしーの言葉を聞いて、みるみるうちにすずの表情から血の気が引いていった。

「よっしーくん、もしかして彼らから……トカゲの皮を？」

「さすが、すずちゃん。だけどその答えは百点じゃない。トカゲの皮の他にも、カニの爪に獣毛に革紐。あと……レザーメイルとボーンソードも、ね」

「まさか……ッ」

「オークションで取引されている相場よりも数倍高い金額で買い取ってるのさ。僕も彼らも、皆ハッピーになれる良いアイデアだろう？」

やられた――

エドガーは足元が崩れていくような感覚を覚えた。

いつもは二束三文のアイテムを高額で買い取ってくれるとなれば、無関係な第三者であっても目の色を変えて素材の入手に走る。

街の素材屋はもちろん、オークション、ソーシャルショップ。ひょっとすると、メグたちが行っている海岸もとんでもないことになっているかもしれない。

見向きもしなかった素材にプレイヤーたちが群がり、結果として彼らはエドガーたちを妨害《ぼうがい》する。

つまり、クレッシェンドの街にいるすべてのプレイヤーがよっしーの味方ということだ。

よっしーは自らＭｏｂ狩りをする必要も、買いに走る必要もなく、ただここでお金を片手に待つだけで良い。下手をすると、三十分も経たずによっしーは勝利することができる。

「素材屋からもオークションからも、その素材が消えた理由がわかったよ」

「あ、もしかしてエドガー君も欲しかった？　悪いね。僕も大量に必要でさ」

わざとらしく肩をすくめるよっしー。

実に腹立たしい男だ。

「でも、どうしても欲しいって言うなら……そうだなあ、特別に獣毛ひとつ一万マニラで売ってあげるよ」

「い、いちまん……!?」

その金額にすずは目を丸くしてしまった。

素材屋の千倍近い金額。手持ちのお金を合わせても、ひとつすら買えない。

「汚いことをする」

「汚いことじゃないさ。一番得意な『僕の武器』を使ったまでだよ、エドガー君」

「武器？　まさかあんた……リアルマネートレード《RMT》を？」

RMTとは、その名が指すとおり、現実の金《リアルマネー》でゲーム内通貨を買うことを意味する。

だが、これは多くのMMOゲーム、そしてドラゴンズクロンヌでも禁止されている行為だった。

その理由は明確で、RMTの横行によりゲーム内通貨の価値が下がり、物価の高騰状態《インフレーション》が起こってしまうためだ。

インフレーションはゲームバランスの崩壊につながり、最終的にはプレイヤーの離脱を生むことになってしまう。だから、RMTを行う側はもちろん、利用した側も発見され次第、アカウント削除などの重いペナルティが科せられることが多い。

「RMT？　何を言っているのかわからないな。なにせ、僕は始めたばかりだからね」

「RMTを利用して、アイテムを第三者から買い取るなんて、よくそんな手の込んだ妨害《ぼうがい》を考えつくな。逆に感心する」

まったくもって彼らしいアイデアだが、これほど効果的な妨害策《ぼうがいさく》はない。

「それはどうも。でも、感心してる時間なんてないんじゃないかな？　早くしないと僕が先にクランを立ち上げちゃうよ？」

「よっしーくん……あなたって人はッ!!」

思わず怒りに満ちた声を漏らしたのはすずだった。

「やだなあ、そんなに怒らないでよ、すずちゃん。僕はその男に騙《だま》されている君の目を覚まさせるためにやっているんだよ？　君と僕で愛に満ちたクランを作ろうじゃないか」

「だ、誰が……ッ！」

「すずさん、落ち着いて」

怒りに震えるすずをエドガーがなだめる。

ここでよっしーを責めたところで事態は好転しない。

それに、まだチャンスは残っている。

よっしーの性格だ。

彼の性格からして、すぐにクランを立ち上げることはしないだろう。

立ち上げるのは時間ギリギリ。こちらの希望を奪い、負けたと確信させてから悠々《ゆうゆう》と行うはず。

「残り一時間あれば、なんとでもできるさ」

すずに言っているように見せかけ、エドガーはよっしーに向けていた。

ここでよっしーにぶつけるのは、怒りではない。

こちらがまだ戦う気があることを知らしめ、心は折れていないと思わせる余裕だ。

「あ、そう？　意外としぶといね。フフ、だけどほら、僕に素材を買い取ってもらいたい人たちはどんどん増えていってるよ？　どうやって素材を手に入れるつもり？　あ、今更勝負は無効だ、なんて恥ずかしいこと言わないよね？」

すでに勝ちを確信しているよっしーが、ニヤケ顔でそう言い放つ。

よっしーの目の前に広がるのは、大挙して押し寄せるプレイヤーたち。

この感じだと、一時間以上は途切れることはないだろう。

つまり一時間以上、必要なものは品薄状態が続き、レアリティ最上位の「アーティファクト」以上に入手困難になる。

「まさか。なぜそんなことをする必要がある？　あんたこそ、一時間後に無効だ、なんて言うなよ」

「ははは、言うねえ、エドガー君」

笑い声が躍《おど》る。異様に腹が立つ声だ。できればもう二度と聞きたくないし、その顔も見たくない。

「行こう、すずさん」

「う、うん」

手持ちのお金があまりない以上、よっしー以上の金額を提示して初心者プレイヤーたちから買い取ることは不可能。つまり、お金ではなく、何か別の対策を考える必要がある。そして、それはすずさんに勝てると提言した俺の責任であり、俺の仕事。

このクソッタレな「ナヨ郎」に怒りをぶつけるのは、その後だ。

＊＊＊

「マジ無理っ！　リザードマンが現れた瞬間に壮絶な取り合いだよ⁉　信じられる⁉　リザードマンの人気に嫉妬《しっと》しちゃうわアタシ！」

「わかったからそう怒鳴《どな》るな」

海岸線が一望できるクレッシェンドの小高い丘の上。心地よい海風に乗って辺りに拡散されていくのは、怒りに満ちたメグの声だ。

メグの怒りの原因はエドガーも予想していた、リザードマンとクラブシザーの争奪戦に発展していた海岸線の惨状だった。丘の上から見てもはっきりとわかるほど、海岸線に集まるプレイヤーたちは黒い塊《かたまり》となり、辺り一帯を埋め尽くしていた。

「つーかよ、よっしー何してくれちゃってるワケ？」

「金にもの言わせて妨害《ぼうがい》するなんて、マジでねちっこいあいつらしいやり方だな」

鼻息荒く、メグと同じように怒りをぶちまけるアンドウとヤマブキ。

「んで、どーすんのさ？　このままだと、すずがナヨ郎に取られちゃうよ、エド！」

「大丈夫だよ、メグ。私、絶対よっしーくんとクランなんて作らないから」

ズバリとすずが言い放つ。だが、それを聞いていたアンドウの表情は浮かない。

「いや、だけどさ、約束を破ったら俺たちが悪者にならねえ？　それって」

「……う、そうだけど……」

アンドウの言葉に、すずは二の句を継げなくなってしまっていた。

確かに彼が言うとおり、事はそう単純ではない。

この嫌らしい妨害策《ぼうがいさく》を考えついたよっしーの性格だ。もし約束を反故《ほご》にしてしまえば、あることないこと現実世界とこの世界で言いふらし、追い詰めてくるだろう。

そうなればたとえＲＭＴやハラスメント行為でよっしーを運営に報告しても、後ろ指を指されるのは自分たちになってしまう。

「アンドウ、結局Ｍｏｂ狩りで手に入った素材はどのくらいなんだ？」

「一旦《いったん》アイテム補給に戻ってからは一匹も狩れてないぜ？　今あるのは『トカゲの皮』が十個に『カニの爪』が十四個だ」

「獣毛と革紐はゼロ。残り時間は四十分ほどか」

状況を確認しつつ、考えをまとめるエドガー。

手持ちのお金は五千マニラほど。よっしーの真似《まね》をして広場でアイテムの購入を告知したとしても、彼らから素材を買うのは難しい。

素材屋のリセットは四十分後だから、買うとすればオークションになる。

しかし、値上がりしていることを考えると、運良く出品されてもすべての素材を買うことは無理だ。

となると残るは、Ｍｏｂ狩りになるが、海岸沿いの状況からしたら、獣毛をドロップするＭｏｂがいるラバスタ林地も、相当数のプレイヤーがいる可能性は高い。

そうなれば、海岸を諦《あきら》めて向かったところで、一匹も狩ることができずタイムオーバーだ。

「なあ、エドガー。クラスの奴らに素材提供を頼んでみるってのはどうだ？　フレンドリストを見る限り、いくらかログインしている奴いるみたいだし、連絡すればアイテム提供してもらえっかもよ？」

エドガーの思考を遮《さえぎ》り、またしてもらしくない案を出したのはアンドウだ。

「……フレンド？」

エドガーの頭の中で何かが弾け、狭まっていた視界が一気に広がったような錯覚《さっかく》があった。

「なるほど、フレンドか。よし、アンドウとヤマブキはクラスメイトにあたってくれないか。俺は他をあたってみる」

「え？　他って？」

お前、俺らの他に友だちいンのか、というアンドウの失礼な発言は聞き流すことにした。

エドガーの頭に浮かんだのは、クラスメイトではなく、フレンドリストに居座っている、ウサギ耳を持ったモーム種のプレイヤー。

その名前を見ると、憂鬱《ゆううつ》な感情がため息を引き連れてやってくる。

「先日、強引にフレンドに『させられた』プレイヤーがいてね。その子に動けるか頼んでみる」

背に腹は代えられない。

エドガーはフレンドリストに登録されているウサにメッセージを送ったのだった。

エドガーは軽く引いてしまった。

フレンドリストにちゃっかり居座っているウサからのレスポンスは、ずっとこちらを監視しているのではないかと思ってしまうほどに早かったからだ。

『ししょーッ！　来た来たーッ！　私におまかせあれっ！』

ウサからの返答メッセージを読み、嬉しそうに跳《は》ねている彼女の姿が容易に想像できたエドガーはげんなりとしてしまった。

ウサと別れたのはクレッシェンドの街だ。

性懲《しょうこ》りもなくまたサラディン盆地に向かっていなければ、ウサはクレッシェンド近くにいるはず。

ウサにラバスタ林地に向かってもらい、獣毛を入手してもらう。

万が一、多く狩れれば、事態は好転する。

余分なものを売ったお金で、残りの素材を購入することも可能になるからだ。

「ウサさん？　って昔の知り合い？」

と、なぜか不満げな視線を携えながら、そう問いかけたのはすずだ。

「いや、この前の侍狩り調査のときに手伝ってくれたプレイヤーだけど？」

「それって……もしかして女性プレイヤー？」

「モ、モーム種の女性だ。クラス『侍』で俺たちと同じ時期に始めたらしい」

「……ふうん」

どこか引っかかりのある返事をするすず。

わけがわからないエドガーは苦笑いを浮かべるしかない。

これもまた演技なのかと一瞬考えたが、どうにも演技には見えなかった。

「と、とにかくだな、アンドウと俺が連絡した相手次第で問題は解決する可能性があるが、楽観はできない」

クラスメイトも全滅、ラバスタ林地もプレイヤーで埋め尽くされ、狩りができないという可能性も十分に考えられる。そうなれば万事休すだ。

「ん〜、あとできることっつったら何だ？　俺たち全員で遠出して別のＭｏｂを狩るか？」

「アンドウとヤマブキ、メグさんはもう一度海岸沿いに行ってくれ。俺とすずさんはオークションに張り付く」

「え？　また？」

大丈夫なの、と言いたげにメグが眉を顰《ひそ》めた。

メグが懸念しているとおり、リザードマンとクラブシザーを狩れる可能性は低いし、オークションで購入できる可能性も低い。

しかし、可能性はゼロではない。

「クラスメイトやフレンドからの連絡を指をくわえて待つわけにはいかない。『人事を尽くして天命を待つ』って言うだろ？」

「ん〜……確かにそうだね。じっとなんかしてらんないわ」

「大丈夫だ、メグさん。素材は手に入れる。なんとしてもだ」

誰かの手を借りる。これまで、エドガーはそんな考えをしたことがなかった。どんなピンチも己の手で切り抜けてきたし、エドガーにはそれができる力があった。だが、それができたのは守るべきものが自分自身だけだったからだ。

他人とのつながりができれば、人は弱くなる。しかし、エドガーはそのつながりを初めて失いたくないと思っていた。それを守るために、手段は選ばない。

エドガーにはウサ以外にもうひとり、頼ることができる助っ人がいた——

正直なところ、その助っ人には頼りたくなかった。

その人物に頼るくらいなら、アランで素材を入手した方が精神衛生上良いからだ。

だが、アランで素材を手に入れようとすれば、それ相応のリスクが生じる。

このタイミングでログアウトするだけで不審がられるだろうし、再びログインしたときになぜか大量の素材を持っていれば、言い訳はできなくなる。素材ではなく購入のためのお金を持っていたとしても結果は同じだ。

正体がバレる可能性が高いアランを取るか、精神衛生的に良くないその人物を取るか。答えは明白だった。

「クラスメイト、駄目だったみたい」

プレイヤーたちのぴりぴりとした空気に包まれているオークションハウス。その喧騒《けんそう》の中、ぷかりと浮かんだのはすずの声だ。

彼女の言葉がはっきりと聞こえたのは、その声がひどく失意に包まれていたからかもしれない。

「みんな、よっしーに買い取ってもらったって」

「そうか」

エドガーは冷静に返す。

クラスメイトの線は断たれた。

到着して既に十分以上が経過しているが、オークションにも動きはない。

海岸で運良くリザードマンやクラブシザーを狩ることができたプレイヤーは、広場のよっしーのもとへ行っているはずだから、当然と言えば当然なのだが。

「……もし、よっしーくんとクラン組むことになってもね」

と、重い沈黙を押しのけるように、すずがぽつりと囁《ささや》く。

「そんなことには絶対ならないから、安心して」

「そんなこと？」

「よっしーくんとの約束は、彼とクランを作ることでしょ。よっしーくんとクランを作ったとしても、これまでと同じように皆と一緒にプレイするから」

じっとボードを見つめたまま、すずが言う。

すずが言っているのは、エドガーが話した「クラン立ち上げは男女間にとって告白に近い意味合いを持っている」点についてなのだろう。

その行為自体にシステム的束縛があるものではなく、ただの口約束にすぎない。

ゆえに、よっしーとクランを組むことになっても、よっしーとそういう関係にはならないと、すずは言いたいのだ。しかし——

たとえそうであったとしても、エドガーには許せなかった。

「いいか、すずさん」

「……え？」

「俺が大丈夫だと言った以上、すずさんは俺たちとクランを作るし、これまでと変わらず皆でドラゴンズクロンヌをプレイする。すずさんには絶対に嫌な思いをさせない。その行為がシステム的に効力がないとしても、俺は絶対に、嫌だ」

オークションハウスの喧騒《けんそう》が消えた気がした。

その言葉に一番驚いたのはすずではなく、これまで人との関わりを避け、人気実況プレイヤーとしてひとりでこの世界で生きてきたエドガー自身だった。

現実世界の知り合いとドラゴンズクロンヌをプレイするなんて絶対に嫌だと思っていた。

人間関係はトラブルしか生まないし、足かせにしかならないからだ。

今も少なからずそう思っているが、はっきり言って、それが苦にならなくなっている自分がいるのも事実だった。

「あ、いや……その……」

すずの驚いたような表情に、エドガーはうろたえてしまう。

冷静になった瞬間、とんでもないことを口にしてしまったことに気がついたエドガーは、慌《あわ》ててオークションボードへと視線を戻す。そして、咳払《せきばら》いで高ぶった感情を隠した。

金儲《かねもう》けの種を見つけたのに、それに乗り遅れてしまったプレイヤーたちの苛立《いらだ》つ声が、エドガーとすずの間にできた沈黙をくっきりと浮かび上がらせてしまう。

「……素材は手に入れる」

すずに聞こえないほどの声でひとりごちるエドガー。

エドガーはすでにもうひとりの助っ人に連絡をしていた。

だが、その助っ人はウサのように、素直に助けてくれるような人間ではない。

相応の「餌《えさ》」が必要で、もちろんそれは提示している。

助っ人が好む、エドガーにしか出せない魅力的な餌《えさ》だ。

オークションに動きはない。どの素材も、最終履歴は一時間半前だ。

時間は一秒、また一秒と確実に刻まれていく。

タイムリミットは、すぐそこ。

視界の端に、メッセージの受信を告げるポップアップが浮かんだのは、そんな矢先だった。

「来た……ッ！」

「え？」

エドガーは思わず喜びの声を上げてしまった。

奴が餌《えさ》に食いついた。

残り時間はわずかだが、十分間に合う。

エドガーは即座にメッセージを開く。

『「トカゲの皮」に「カニの爪」「獣毛」に「革紐」だな。必要分はすべて持っていく』

予想どおり、それはエドガーが呼んだ助っ人からの返答だった。

そしてメッセージはこう締めくくっていた。

『到着はきっかり二十分後だ。素材と交換する「月歩の秘密」を用意しておけよ、アラン』

送り主の名前は「クロノ」――

彼は以前、アランが所属していた実力主義の強豪クラン「Grave Carpenters」のリーダーだった。

＊＊＊

クロノがクランマスターを務める「Grave Carpenters」は、テクニックに絶対的自信を持つ猛者《もさ》が集まる強豪クランだった。

クラン加入条件は、レベル七十以上かつ、ｐｖＰ勝率が七十パーセント以上。

その条件を満たした上で、クランメンバーとのｐｖＰを行い、その内容で加入の可否が決定される。

アランが戦った相手はクランマスターのクロノだった。

当時すでに頭角を現しつつあったアランとのｐｖＰは、クロノ自身の要望でもあったためだ。

オールラウンドなクラス「戦士《ファイター》」で、攻守にバランスが良い片手剣とスモールシールドを好んで使っていたクロノ。彼は、筋骨隆々とした姿からは想像できない繊細《せんさい》で緻密な動きを武器に、百戦無敗を誇るプレイヤーだった。

配信する動画には数多くのリスナーが訪れ、動画ランキングのトップ五にも名を連ねていた。

だが彼は、アランとのｐｖＰ後、動画配信をぱったりとやめることになる。

アランと月歩に、容易《たやす》く連勝記録を打ち砕かれたからだ。

「クロノ……さん？」

「ああ。引退する前に少し所属していたクランのマスターだ」

「そのクロノさんが私たちの援助を？」

静かに頷《うなず》くエドガー。だが、彼はすずにいくつか嘘をついていた。

クロノが援助してくれるのは、見返りを出したからだ。

クロノに敗北を味わわせた「月歩」という見返り。それは、どんな魚でも確実に釣れる餌《えさ》だ。

「クロノからの返事が来た以上、素材探しは切り上げた方がいい。すずさんはメグさんたちにオークションハウス前に戻るよう伝えてくれないか？　俺はクロノの到着を迎える」

「うん、わかった！」

善は急げと言いたげに、すずはくるりと踵《きびす》を返し、オークションハウスの外へと駆け出していく。

タイムリミットまで後三十分。

クロノが到着するのは二十分後。

レシピと素材がそろっていれば生産に時間はかからないが、クエストクリアまでギリギリだ。

よっしーが動き出すのもそのくらいだろう。

一分一秒が勝敗を分ける。

「……行くか」

ゆっくりとオークションハウスの扉を開く。

メグにメッセージを送っているすずに一瞬視線を送り、広場を後にした。

彼が向かうは、クレッシェンドの入り口。

その先に広がる、ｐｖＰが可能なフィールドエリアだ。

＊＊＊

エドガーのもとに再度クロノからメッセージが届いたのは、最初の連絡から十分ほど経ってからだ。

『待ち合わせ場所を指定しろ』

メッセージに書かれていたのはそれだけだ。

クレッシェンドの街から少し離れた人気《ひとけ》のない小さなオアシスにいたエドガーは、現在位置の座標をメッセージに載せ、クロノへと返す。

黒尽くめのプレイヤーがその場所に現れたのはすぐだった。

「お前がエドガーか？」

「久しぶりだなクロノ。相変わらず……黒いな」

昔と変わらないクロノの姿。黒い髪に黒い肌。黒い瞳に黒い鎧。腰に下げている片手剣も昔と変わっていなければ、レアリティが上から二個目のレア装備、レジェンダリークラスの「黒曜剣ブラックウィドウ」だろう。

クロゴケグモの英名であるブラックウィドウの名を持つその剣は、毒性の強いクロゴケグモに倣《なら》い、「毒」よりもさらに高い持続ダメージがある「猛毒」の状態異常を与える極めて危険な武器だ。

「姿は違うが、お前も相変わらずだな。安心したぜ」

「安心した？」

「ＤＩＣＥとスポンサー契約を結んで少しは大人になっていると思ったんだが、いざこうして会うと……相変わらずクソ生意気で、今すぐその首をかっ斬りたい衝動にかられる」

ゆらり、とクロノの体が揺れた。

全身から力を抜いたクロノは、まるで幽鬼のようにふらふらと漂う。

筋弛緩法で全身をリラックスさせるクロノの準備運動。

この世界で効果があるのか疑問だが、クロノは昔から戦闘前に必ず行《おこな》っていた。

「……そこまで執念深いと逆に感心するな」

「あ？　ふざけたこと言ってンじゃねえぞ、アラン。俺はお前に復讐するためにドラゴンズクロンヌを続けてンだぜ」

クランの加入試合で完膚《かんぷ》なきまでにアランに叩《たた》き伏せられたクロノ。

クロノが未《いま》だにアランのことを恨《うら》んでいると、エドガー自身薄々感づいていた。

虎視眈々《こしたんたん》と、復讐の機会を窺《うかが》っていることも。

「それで？　言われた素材は集めた。そっちは？」

「用意してるさ。当たり前だろ」

「……言葉に注意しろよ、アラン。俺はこのままここで殺《や》り合ってもいいんだぜ？　今のお前なら簡単に捻《ひね》り殺せそうだしな」

鋭い瞳をさらに尖《とが》らせるクロノ。

まるでブラックウィドウの毒針のように、その瞳が危険な色に染まる。

クロノが言うとおり、今のレベル差では勝負にならないかもしれない。

グランドミッションで戦った談合プレイヤーと違い、クロノはこの世界でトップクラスのテクニックを持っているからだ。

「エドガーだ。今はアランじゃない。あんたが欲している情報は渡す」

だが、エドガーは臆《おく》することなく言い放つ。

クロノにとって月歩の秘密は、喉《のど》から手が出るほど欲しい情報のはずだ。

そのチャンスをふいにするような愚行を犯すほど、彼は馬鹿ではないとエドガーは知っていた。

「フン、いいだろう。お前のアイテムインベントリに送る。数を確認しろ」

「悪いな」

エドガーがアイテムインベントリを開いてすぐに、クロノから素材が送られてきた。

トカゲの皮四十個に、カニの爪二十個、獣毛四十個に、革紐二十個。

指定どおりの素材だ。

エドガーは即座にそれらをメールに添付し、すずに送った。

よっしーとの期限まではあと十分と少しだ。先に生産をしてもらえば、なんとか間に合うだろう。

「指定どおりの数だ。この状況でよく手に入ったな」

「俺たちは『Grave Carpenters』だ。そんなクソみてえな素材に手こずるかよ」

クロノが無表情のまま言い放つ。

「墓大工」という名前が指すとおり、彼らは武闘派のクランだ。

よっしーが欲しいものを手に入れるために使うものが金だとすれば、彼らは――暴力。

一体どんな方法で素材を入手したのか、聞くまでもないだろう。

「オイ、ンなことよりもさっさと教えろよ。俺はそのためにわざわざこんなところまで来たんだぜ？」

クロノの瞳に苛立《いらだ》ちが滲《にじ》む。月歩の秘密以外には興味がないと言いたげに。

「いいだろう。月歩の秘密を教えてやる」

ゆっくりとエドガーが口を開く。

月歩の秘密――

その言葉を静かに放つ。

「月歩は【地走り】から【燕《つばめ》返し】そして【乾坤一擲《けんこんいってき》】につなげているだけのシンプルなテクニッ

クだ」

＊＊＊

真実を追求し、そこに到達できた人間には、二つの選択肢が与えられる。

その真実を受け入れるか、受け入れないか、だ。

想像の範疇《はんちゅう》を超えていなければ、真実は己の知識として自身の糧となる。

だが、もし真実が想像の範疇《はんちゅう》を超えていたならば――

人は真実の代わりに、絶望を受け入れなければならなくなる。


「……なんだと？　馬鹿にしてンのかお前」

エドガーの言葉を聞いたクロノは、怒りに震えながらそう囁《ささや》いた。

「ｗｉｋｉに書いてあるクソみてえな情報じゃねえか」

ドラゴンズクロンヌのｗｉｋｉにある、有志によってまとめられた月歩ページ。

『月歩は高速移動する【地走り】の後、相手の背後に回りこむカウンター技である【燕《つばめ》返し】を発動し、さらに防御力を攻撃力に加算するスキル【乾坤一擲《けんこんいってき》】を背後から決めるテクニックと想定される』

エドガーが語ったそれは、動画を解析した有志によってまとめられたｗｉｋｉそのままの情報だった。

「その情報が嘘だと？」

「に決まってンだろ。誰もがそれにチャレンジして失敗してんだ」

「じゃあ、証明してやろうか？」

すらりと刀を抜くエドガー。

クロノが思わず剣の柄《つか》に手をのばす。

「どういうつもりだ」

「あんたは言葉では信じない。だったら実際に見せるしかないだろ？」

エドガーがくるりと刀を回し、手首をほぐしながら【下段構え】へと移行する。

発動される【地走り】。

地面を滑《すべ》るようにエドガーの身体が走る。

そして、砂煙を巻き上げながら、えぐるようにクロノの目前まで迫った刹那《せつな》――

「……ッ!?」

エドガーの身体が青白く輝いたと思った次の瞬間、空気が弾け、エドガーの身体が忽然《こつぜん》と消えた。

舞い散る砂煙の間を走る、光の帯。

その帯が続くのは、クロノの背後。

それは【中段構え】の【燕《つばめ》返し】が発動した証拠。

「いつもよりもゆっくりと発動させた。これであんたもわかっただろう？」

「……マ、マジかよ」

クロノはその場に立ちすくんでしまっていた。

エドガーは今、確かに【下段構え】の【地走り】から【中段構え】の【燕返し《つばめ》】につなげて見せた。

絶対につながるはずがない、スキルツリーが違う二つのスキルを――

「秘密があるとすれば、各スキルの個別に決められている『コンビネーション』のキャンセル有効時間だ。すべてのスキルのキャンセル有効時間には、ほんのわずか……ミリ秒以下のわずかな時間だけ、あらゆるスキルにつなげられる瞬間が存在している」

「……ッ!? まさか。そんなモン、聞いたこともねえ！」

「信じられないかもしれないが、事実だ」

そう言ってクロノを嘲笑《あざわら》うように、再びエドガーが月歩を放つ。

空気が弾け、駆け抜ける青白い光。

その光の先、悠然《ゆうぜん》と立つエドガーの姿をクロノは睨《にら》みつけた。

「それが月歩の秘密か」

ぎり、と奥歯を噛《か》み締めたままクロノが吐《は》き捨てるように呟《つぶや》いた。

「コンビネーション」のキャンセル有効時間のどこかに存在する、運営も知らないミリ秒以下のタイミングに合わせて、的確に他のスキルを放つことなんて狙ってできるわけがない。

だが、アランは連続でそれをやっている。

それも、めまぐるしく状況が変化する戦闘中に、だ。

ｗｉｋｉに月歩が成功したという話がいくつかあったが、それを証明できるプレイヤーはいなかった理由がそれだ。偶然できたとしても、安定して出すなんて常人には無理な話だ。

「それと、もう一つあんたに教えておこう。月歩はこれだけじゃない。あと二つの要素を加えて、月歩は本当の姿になる。俊敏性《しゅんびんせい》ステータスの限界《カンスト》と、スキル【不屈】の発動だ」

己の能力を高めるパッシブスキル【不屈】は、侍を代表するスキルのひとつで、「瀕死《ひんし》時にすべてのステータスを強化させる」という効果がある。

つまり、死と隣合わせの状況で極限まで俊敏性《しゅんびんせい》を高め、恐ろしい動作速度を加味させた上で、アランは月歩を放っているのだ。

「それが月歩の真実だ」

針の穴を通すようなスキルキャンセルの正確さ。

そして、失敗すればすべてを失ってしまうという極限の状況すらも力に変える鋼《はがね》の心。

その事実を知れば知るほど、わかってくるのはアランの底が見えない潜在能力。

月歩は常人では取得することができない技だという真実。

頬《ほお》を撫《な》でていく風がオアシスの水面《みなも》を揺らし、きらきらと太陽の欠片《かけら》を躍《おど》らせる。

すべてを目の当たりにし、月歩の真実と計り知れない壁を感じたであろうクロノは俯《うつむ》いたまま、動かない。

ひょっとするとこれを機に復讐などという面倒なことは諦《あきら》めてくれるかもしれない、とエドガーが期待した矢先だった。

「……ククッ」

クロノは静かに笑っていた。

アランとの差に絶望しているわけではなく、虚無感に襲われているのでもなく――

クロノは悪魔のような表情で、静かに肩を震わせていた。

「確かに受け取ったぜ、月歩《アラン》の秘密」

「……ッ」

ぽつりとクロノが返す。そして、一陣の風に舞い上がった砂けむりの中に溶け込むように姿を消していった。

残り香のように、クロノが見せたあの恐ろしい笑顔が、エドガーの瞳に焼きついていた。

月歩は知れば知るほど、再現が不可能に近いテクニックだとわかるだけだ。

努力ではどうしようもない、エドガーのセンスが実現させた「奇跡」だった。

その秘密を知ったところで、会得することは不可能に近い。

ゆえにエドガーはそれを餌《えさ》にクロノを釣った。

しかし――

クロノが残したあの表情に、エドガーは一抹《いちまつ》の不安を感じざるを得ないのだった。

＊＊＊

視界の端に映る時計が、嬉しそうにそのときが来たことを告げた。

現実世界の現在時刻、二十四時——

待ちに待った約束の時間。

広場でプレイヤーたちから素材を買い集めていたよっしーは、すずたちの到着を今か今かと待った。

つい先程立ち上げた「Nest of love《愛の巣》」という恥ずかしい名前のクランを愛《め》でるように眺めながら。

「よっしーくん」

「やあ、すずちゃん」

待ち望んだ心地のよい声がよっしーの耳を撫《な》でる。

クレッシェンドの広場には未《いま》だによっしーに素材を買い取ってもらいたいプレイヤーたちでごった返していた。

その人混みの中、白いローブを着たすずが立っていた。

いくばくか、表情に影が落ちているのがわかった。

そして、よっしーの頭の中にそびえ立ったのは勝利の二文字。

勝った。

エドガーとの勝負に勝ったのだ。

「ん～、どうしたんだい、すずちゃん？　浮かない顔だねえ？・」

静かに佇《たたず》んでいるすずは何も返さない。

思わず抱きしめたくなったよっしーだが、その前に確認しておくべきことがあった。

「ちなみにエドガー君は勝負に負けると思って逃げたのかな？」

きょろきょろと辺りを見渡すが、エドガーの姿はない。悔《くや》しそうに歯ぎしりする彼を想像し、ほくそ笑みながらよっしーはすずに歩み寄る。

「まあ、あんな男のことはいいか。さて、すずちゃん。ついさっきクランを立ち上げたんだ。きっと君も気に入ってくれる名前なんだけど——」

恍惚《こうこつ》とした表情を浮かべながら饒舌《じょうぜつ》に語っていたよっしーの口がぴたりと止まった。

すずの後ろにまるで汚らわしいものを見ているかのような、冷たい視線を投げかける浅黒い肌のエルフ——メグが立っていたからだ。

「……あ～ムリ。もームリだわ、あたし」

「つーか、なんだよ『Nest of love《愛の巣》』って。お前チョー恥ずかしい奴だな」

「……ッ!?」

よっしーの顔が瞬時にこわばる。

すずの後ろに立っていたのは、メグだけではなかった。

坊主頭の戦士《ファイター》と、どこか自分と同じ空気を持っている騎士《ナイト》。

「恵さん!?　それに安藤に山吹!?　なぜ君たちがここに」

「いやさあ、さすがの俺も引くわ。よっしー」

突如現れたヤマブキたちの姿に、よっしーはたじろいでしまう。

「もうね、アンタと話したくもないんだけど、仕方ないから言うわ。そのキモい目をかっぽじってアタシらのステータス見てみろっつのッ！」

よっしーのせいでＭｏｂ狩りで散々な目にあったメグが、怒鳴《どな》りつける。

その気迫に慄《おのの》きながらも、よっしーはメグのステータス画面を開いた。

そして、メグの名前の横に表示されていた「それ」に、よっしーは心臓が止まるかと思うほどの衝撃を受けてしまった。

「……ほ、ほほ、『放課後ＤＣ部』？　なな、なんだこれ⁉」

「クランに決まってんだろ」

メグのステータスに表示されていたのは、紛《まぎ》れもなくクラン名。

そして、その名前が表示されていたのはメグだけではない。

アンドウとヤマブキ、そしてすずのステータスにも──

「う、嘘だろ⁉　素材は僕が買い占めていたのにどうして⁉」

「いや、マジで骨が折れたぞ」

信じられないと、よっしーが目を白黒させたそのときだ。

逃がさないと言いたげに、よっしーの肩にがっしりとした腕が回される。

黒髪のパッとしない風貌《ふうぼう》の男。

背後から現れたのは、エドガーだった。

「……お、お前っ⁉」

「ん？　どうした？　俺の顔に何かついてるか？　まあ、ステータス画面にはさっきまでなかったモンが付いてるが」

　よっしーと強引に肩を組み、にやりと笑みを携えるエドガー。彼のステータス画面にもまた、すずたちと同じクラン名「放課後ＤＣ部」の名前が浮かんでいる。

「ままま、まさかっ⁉」

「ほお、あんたもクランを立ち上げたのか。だが残念だったな。設立日時を見る限り、俺たちのクランの方が早い」

　クラン「Nest of love《愛の巣》」が立ち上げられたのが二十三時五十分。

　一方の「放課後ＤＣ部」が立ち上げられたのは二十三時四十五分。

　エドガーが予想していたとおり、勝敗を分けたのは完全勝利を狙っていたよっしーの慢心だった。

「勝負は俺の勝ちだ、よっしー」

「なんで⁉　なんでクランクエストをクリアできるんだッ⁉　君たち何か裏技《グリッチ》を使ったな⁉」

「おい、待て。なんだその難癖《なんくせ》は」

「ッ⁉」

　ギロリとよっしーを睨《にら》みつけるエドガー。その手がよっしーの後頭部を強引に掴み、捻《ひね》り上げた。

「ま、待てっ……僕に手を出すつもりか⁉　そんなことしたら、すぐにゲームマスター《ＧＭ》を呼んで――」

「そうだな。どっちかというとその方が良い。どっかのＲＭＴ利用者を突き出すことができるしな」

「……ッ!?」

さっ――とよっしーの顔が青ざめていく。

その剣幕に、よっしーの頭の中からエドガーに教えてもらった「街中《まちなか》では戦闘ができない」という基本的なことがすっ飛んでしまっていた――

「ぼ、僕はＲＭＴなんかやってないッ！　なんの証拠があってそんな」

「黙れ。いいか、俺は無駄な時間を浪費させられて、心底頭に来てるんだ。それ以上無駄口を叩《たた》くな。ここにアイテムと所持金をぶちまけたくないだろう？」

「……は、はひ」

よっしーの口から、悲鳴に近い返事が漏れ出す。

すっかりビビってしまっているよっしーに、エドガーは脅《おど》しを重ねていく。

「よっしー、勝負に勝った俺から、ひとつお願いがあるんだが？」

「なな、何でしょう？」

「なに、あんたにもメリットがあるお願いだ。素材を買い取ってくれないか？」

「……え？」

何を言っているのか一瞬わからなかったよっしーは、目を丸くしてしまった。

「か、買い取りって……素材を？」

「そうだ。必要なんだろ？　トカゲの皮に、カニの爪に、革紐に……あとなんだったか？」

「「獣毛ッ！」」

エドガーがちらりと視線を背後に向けた瞬間、メグ、アンドウ、ヤマブキの両手にはこぼれ落ちるほどの「獣毛」がオブジェクト化されていた。その両手に持たれた獣毛と同じように、こぼれ落ちんばかりの笑みを携えて。

「なっ……ななな」

「いや、実は頼れる仲間がいてな。品薄の状況にもかかわらず、相当量の獣毛を取ってきてくれたんだ」

獣毛を入手してきたのは、他ならぬウサだった。

なんという幸運の持ち主か、ウサが向かったラバスタ林地には多くのプレイヤーがいたものの、ウサは争奪戦に勝利し、次々と獣毛をゲットしていたのだ。

「ななな、なんで僕が君たちから買い取らなくちゃならないんだ！」

「あんた初心者プレイヤーを救済してるんだろ？　俺らはまだ初心者だ。それに……」

「……ひっ」

よっしーの瞳を覗《のぞ》き込むエドガー。

あまりの恐怖に、またしてもよっしーの口からは悲鳴が漏れる。

「俺はあんたをRMT利用の疑いがあると運営に報告すべきだと主張しているんだがな、皆がそれは控えた方が良いんじゃないかと言っているんだ」

「……ッ」

「報告しようか、するまいか……悩むなあ」

「ぼっぼぼぼ、僕はＲＭＴなどやっていない！　……やっていないが……君たちの素材は……買い取ろう」

がっくりと項垂《うなだ》れるよっしー。

その姿に、メグたちは飛び跳《は》ねて喜んだ。

「すっご、すっご！　一個六千マニラで買い取ってくれるとして、ざっと四十個くらいあるから……えーと……まあ、よくわかんないけど、アタシたちもしかしてセレブの仲間入り!?」

「いやあ、引いたなんて言って悪かったな『ナヨ郎』！」

「……うう」

わっはっは、と喜びを爆発させるメグとアンドウたち。

だが、その中でひとり、すずだけはじっとよっしーを見つめていた。

哀れみとも取れる表情を滲《にじ》ませながら、よっしーの本心を探るかのように。

「す、すずちゃん！」

彼女の視線に気がついたよっしーは、縋《すが》りつくようにすずに語りかける。

「僕はただ……ただ、君と一緒にクランを作りたかっただけなんだッ！」

先ほどまでの威勢は鳴りを潜め、よっしーは瞳に涙を浮かべ、懇願《こんがん》するようにそう言った。

これまで見せたこともない、なりふり構わない姿。

エドガーは正直面食らってしまった。

やり方は褒《ほ》められたものではないが、彼なりに自らの想いをすずに伝えようと考えていたのかも知れない。

そう考えると、先ほどまでの怒りは消え、同情の念すら抱いてしまう。

だが――

「すずちゃん！　わかるだろう！　君は僕にこそふさわしい人なんだッ！」

エドガーを嘲笑《あざわら》うかのように放たれたよっしーの言葉。

「君に似合う美しいドレスもプレゼントしてあげるし、この世界でも僕と一緒にいられるッ！　一体何の不満があるんだッ!!」

「……あー……」

わずかでも同情の念を抱いてしまったことを恥じるべきと思うほど、よっしーへの同情はクレッシェンドの街を吹き抜ける海風に乗って消えていった。

やはり、よっしーはよっしーだった。

彼にとって、すずは愛すべき女性ではなく――ただのアクセサリーなのだ。

「あんた……やっぱり最低だな」

「な、なんだ!?　きっ、君こそ、すずちゃんと不釣り合い極まりない――」

「よっしーくん」

小さくうつむくすずの声がよっしーの声を抑えこむ。

よっしーは思わず息を呑《の》んでしまった。

雑踏の賑《にぎ》わいの中、よっしーもエドガーも何も言葉を発することはできない。

その時間は数秒たらずだったが、嫌に長く感じてしまった。

そしてすずは意を決したように、すう、と息を吸い、ふたたび視線を戻す。目は、いつもの彼女からは想像できないほど冷ややかだった。

「クランは、僕ひとりで作りなさいね」

「……ぼっ……」

すずの口から放たれた一言。膝が粉々に吹き飛んだかと思ってしまうほど、がっくりとよっしーはその場にへたり込んでしまった。

「……ハッ！」

彼の姿を見て、エドガーが忍び笑いをする。

くだらない男とのくだらない勝負。だがその勝負を勝利で終え、クラン「放課後ＤＣ部」はドラゴンズクロンヌの世界に小さな産声《うぶごえ》を上げたのだった。

＊＊＊

これほど上機嫌なメグは見たことがない。

ぽかぽかと温かい日差しが舞い込む午後の教室。

朝から続く、気持ちが悪いほどニコニコ顔のメグに、蘭は呆《あき》れ顔だった。

メグが上機嫌なのは他でもない、昨日のよっしーの一件で、これまで手にしたことがないほどのゲーム内通貨を手に入れたからだ。

「や～、エド！　昨日もカッコよかったよお！　なんだかんだ言ってしっかり助けてくれるアンタって最高っ！」

「そりゃ、どうも」

手にしたことがない金額と言っても、ヘルプしてくれたウサを含め全員で分割したために、各人が手に入れたお金はそれほど多くはない。

だが、始めたばかりのメグにとっては信じられないほどの大金だったらしい。

こっそりアランから昨日の数百倍のお金を送ってやろうか、と考えてしまう蘭。

多分ショックで死んでしまうんじゃないだろうか。

「なあ」

と、嬉々としているメグとは対照的な軽い声。

弁当を箸《はし》でつついたまま、教室の一角を眺めていた安藤だ。

「あれってさ、あいつだよな？」

安藤の視線の先にいたのは、ひとりの生徒だった。

ツーブロックヘアの浅黒い男。

昨日、蘭たちとの勝負に負けたクラスメイト、伊藤良純。

だが、彼にいつもの華やかな雰囲気はなく、周囲に漂っているのはどこかみすぼらしい空気だった。

「……何？　ナヨ郎、どうしたわけ？　てか、いつもの嫌味ったらしい豪華な弁当じゃないよね？」

メグもきょとんとした表情で、いつもより何倍も背中が小さく見える伊藤に視線を送る。

伊藤の昼食は、いつもお抱えシェフお手製の贅沢《ぜいたく》を極めた弁当だった。

ある日は松茸《まつたけ》のバター焼きに、松阪牛のローストといった国産食材の豪華弁当。またある日はマグロのポワレにサーモンのフリットといったフレンチ。

三ツ星レストランのシェフが作ったものしか僕の口には合わないんだ、と伊藤がドヤ顔で言っていたのを、蘭も聞いたことがあった。

だが、今日の伊藤は違う。

彼が口にしているのは、どこからどう見ても学校の購買部で売っている百五十円のカレーパンだ。

「あ〜、マジで誰だよ、購買で最後のカレーパン買った奴」

腑《ふ》に落ちない表情を浮かべている三人の耳に飛び込んできたのは、気の抜けた山吹の声だ。

「おい、山吹。お前、あれの原因って知ってるか？」

「え？　何？　アレって……ああ、伊藤？」

チラリと視線を送った山吹は、興味がないと言いたげに気だるそうに自分の席へと腰を下ろした。

「さっきまで俺らの間ではその話題で持ち切りだったから、いい加減飽きてきたんだけどさ」

「俺らって誰よ？」

「チャラい軟派《なんぱ》グループのことだよ、メグさん」

「……ああ」

そっと耳打ちする安藤の説明に、軽蔑《けいべつ》するような冷ややかな視線を添え、そゆことね、と吐《は》き捨てるメグ。

「それで、話題って？」

「あいつ、親のクレジットカードで百万オーバーの金使っちゃったみたいでさ」

その言葉に、安藤とメグが同時にぎょっとした。

「ほら、あいつの親のクレカってブラックカードだろ？」

「知らないわよそんなこと。てかブラックカードって何よ」

「キャッシングに上限がない無敵のカード。それで、勝手に使ってたことが親にバレて、相当絞《しぼ》られたみたいなんだよなあ……あふ」

つまらなそうに大あくびで言葉を締める山吹。

そして、その言葉に蘭はピンと来た。

やはり伊藤はＲＭＴをやっていたのだ。

それも、親のクレジットカードを使って。

「……昨日のアレだよな」

「たぶんね」

安藤とメグも、蘭と同じくそのことに気づいたらしく、いい気味だと言わんばかりに小さくほくそ笑んだ。

昨日、よっしーはドラゴンズクロンヌの世界から突如姿を消した。

すずに決定的な言葉を放たれ、失意のうちにログアウトしたんだとメグは笑っていたが、後で調べたところ、そうではなかった。

ユーザー検索でよっしーを探しても、何もヒットしなかったのだ。

そこから推測できるのは、彼はあの短時間でドラゴンズクロンヌ運営から「アカウント停止処分」を受けたということ。

蘭たちはRMTの件を運営には報告しなかった。だが、別のプレイヤーから通報されたのか、もしくは、数時間にわたり延々とお金をばらまいている不審なプレイヤーを発見し、調査したところ、RMTを利用した痕跡《こんせき》があった、というところだろう。

真実はわからないが、どちらにしろ、アカウントを削除された伊藤は、ドラゴンズクロンヌの世界から永遠に締め出されることになった。

「これで少し大人しくなってくれると良いんだけどなあ」

「……ん？」

蘭たちの背後から放たれた優しい声。

後ろに立っていたのは、少し気まずそうな表情を携えたすずだった。

「今回の件はあいつにとっても結構な火傷《やけど》だと思うぜ？　だって、フレンチ弁当がカレーパンになるくらいだからな」

「あ、なんだよ、購買でカレーパン買ったのあいつかよ」

安藤の声に反応し、恨《うら》めしそうに伊藤を睨《にら》みつける山吹。

「ん〜、でも、ちょっと可哀想な気がするかな」

「はあ？　何言ってンのよ、すず。あんた優しすぎだから」

「えへへ」

呆《あき》れたような笑顔を覗《のぞ》かせるメグに、すずは肩を竦《すく》めてみせた。

可哀想、と言いながらもどこか嬉しそうにしているところを見る限り、すずもせいせいしているのだろう。

熱したフライパンの熱さを知らない子供でも、一度火傷《やけど》すれば二度と近づくことはなくなる。すずの前で大火傷《おおやけど》してしまった以上、伊藤はもう近づいてはこないはずと蘭も思っていた。

「でも、さ。江戸川くんのお陰だよね」

「え？」

「クランを立ち上げることができたこと。ほんと、ありがとう」

「……ぶふぉ」

不意にすずに微笑《ほほえ》みかけられた蘭は、思わずむせてしまった。

いきなりそういうことはやめてほしい、と心中で毒づきつつ、浮つく心を落ち着かせるために咳《せき》払《ばら》いをひとつ交えた。ニヤニヤしているメグが視界の端に見えたが、気にしない。

「しょ、正直なところ、まさかクラン立ち上げでこんなに苦労するとは思わなかった」

メグに色々と突っ込まれる前に、蘭は咄嗟《とっさ》にそう返した。

取ってつけたような言葉だったが、それは蘭の本心でもあった。

お金をかければかけるほど強くなれるＭＭＯゲームはある。

だが、プレイヤーの能力が強さに直結するドラゴンズクロンヌで、お金相手にピンチになるとは思ってもみなかった蘭は、改めてドラゴンズクロンヌの恐ろしさを思い知らされていた。

「んまあ、ちょっと焦《あせ》ったけどさ。結局お金は増えたしクランはできたし、結果オーライだろ」

「ちょ、お前！　俺の唐揚げッ！」

安藤の弁当から、唐揚げを奪取しながら山吹が言う。

すぐさま唐揚げの争奪戦に発展した安藤と山吹をよそに、蘭がとあることを思い出した。

昨晩からずっと聞こうと思っていたことが蘭にはあった。

「あのクラン名って誰が命名したんだ？」

蘭が気になっていたのは、立ち上げたクランの名前だった。

すずたちと合流したときには、既にクエストは終了し、クランは立ち上がっていた。

お世辞《せじ》にもカッコイイ名前とは言えない「放課後ＤＣ部」という名前で、だ。

「……あー、お前、それ言う？」

「ん？　安藤がつけたのか？」

「いや、さ」

言葉を濁《にご》しつつ、ばつが悪そうに頭をかく安藤。

時間がなかったのはわかる。

あと数分遅れていれば、勝敗は逆になっていただろう。

しかし、だ。

自分にネーミングセンスがないということを棚に上げて、蘭は思う。

放課後ＤＣ部という名前はないんじゃないか、と。

クラン名は立ち上げた後では変更できないため、今更言ってもどうしようもないとわかっていても、口に出さずにはいられなかった。

「カッコ悪い、かな、江戸川くん」

ふわり、と辺りに広がったのは安藤の声――ではなく、すずの声だった。

先ほどの優しい微笑《ほほえ》みは姿を消し、申し訳なさそうに眉根を寄せている。

「いつも放課後に部活みたいにプレイしてるから、あの名前にしたんだけど」

「……え？」

その言葉に蘭は、「石化」の状態異常攻撃を食らったように固まってしまった。

そして、名前の件を口に出したことを心底後悔した。

「……えーと……あの名前考えたのって、もしかして……すずさん？」

「うん。私」

「ひぇっ」

喉《のど》の奥からひねり出される、蛙《かえる》が潰《つぶ》れたような悲鳴。

爆発したかと思うほど、内側から胸を激しくノックする蘭の心臓。

蘭の思考が真っ白に吹き飛んだのは言うまでもない。

「う……あ、いや……い、いいんじゃないかな、うん。すごくいいとおもうな」

「江戸川、挙動不審」

「うん、キョドってるね。すっごくわかりやすい」

わたわたと慌《あわ》てふためく蘭の姿を楽しむかのように、メグたちがにやけ顔を覗《のぞ》かせる。

こうなることを想定して、メグたちはわざと教えてくれなかったのではないか、と深読みしてしまう。

「きょ、きょきょ、キョドってねえから！」

騙《だま》されたような感覚に陥《おちい》ってしまった蘭は、顔を真っ赤に火照《ほて》らせてしまう。

そんな蘭にトドメを刺したのは、にやけているツリ目の小悪魔ではなく——栗色の天使だった。

「挙動不審になってるよ、江戸川くん」

「……ちょ、すっ、すずさん⁉」

「ふふ」

教室の中に飛び交うクラスメイトたちの会話に、すずの忍び笑いがふわりと乗った。

ゆったりとした、思わずまどろんでしまう午後の時間。

踊《おど》るようなすずたちの笑い声は、ひときわ楽しそうだった。

2016年3月より
とあるおっさんのVRMMO活動記
PCオンラインゲーム
絶賛サービス中!
ワンモア・フリーライフ・オンライン
とあるおっさんのオンライン活動記
生産あり
バトルあり!
閉じる
決定
冒険
Quest
生産
Craft
編成
Party
装備
Equipment
酒場
Bar
チャット
OFF
キャラクター固有のスキルを自由に組み合わせ、
自分だけのコンビネーションを繰り出そう!
詳しくは http://omf-game.alphapolis.co.jp/ へアクセス!
©2000-2016 AlphaPolis Co.,Ltd. All Rights Reserved.

Re:Monster
ゲームアプリ解放中《リリース》!!
40万ダウンロード突破!
※2016年5月24日時点
App Store無料ランキング（ゲームカテゴリ）2位!
※2016年2月25日時点
Google Play™国内アプリ新着無料ランキング3位!
※2016年2月26日時点
喰えば喰うほど強くなるRPG!
Re:Monster
リ・モンスター
〜ゴブリン転生記〜
書き下ろしマンガも公開中じゃよ
詳しくは
http://remonster.jp/
にアクセス!
©2000-2016 AlphaPolis Co.,Ltd. All Rights Reserved.
【Android】Google Play
【iOS】App Store
で提供予定。
携帯サイトはこちらから!

シリーズ20万部突破!
大人気小説「Bグループの少年」
ゲームアプリで登場!!
タップバトルRPG
B少タップ!
~Bグループの少年激闘編~
タップするだけ簡単操作!
【Android】Google Play
【iOS】App Store
で好評配信中!
世界制覇を目指し、
タップ連打で敵を蹴散らせ!
©2000-2016 AlphaPolis Co.,Ltd. All Rights Reserved.

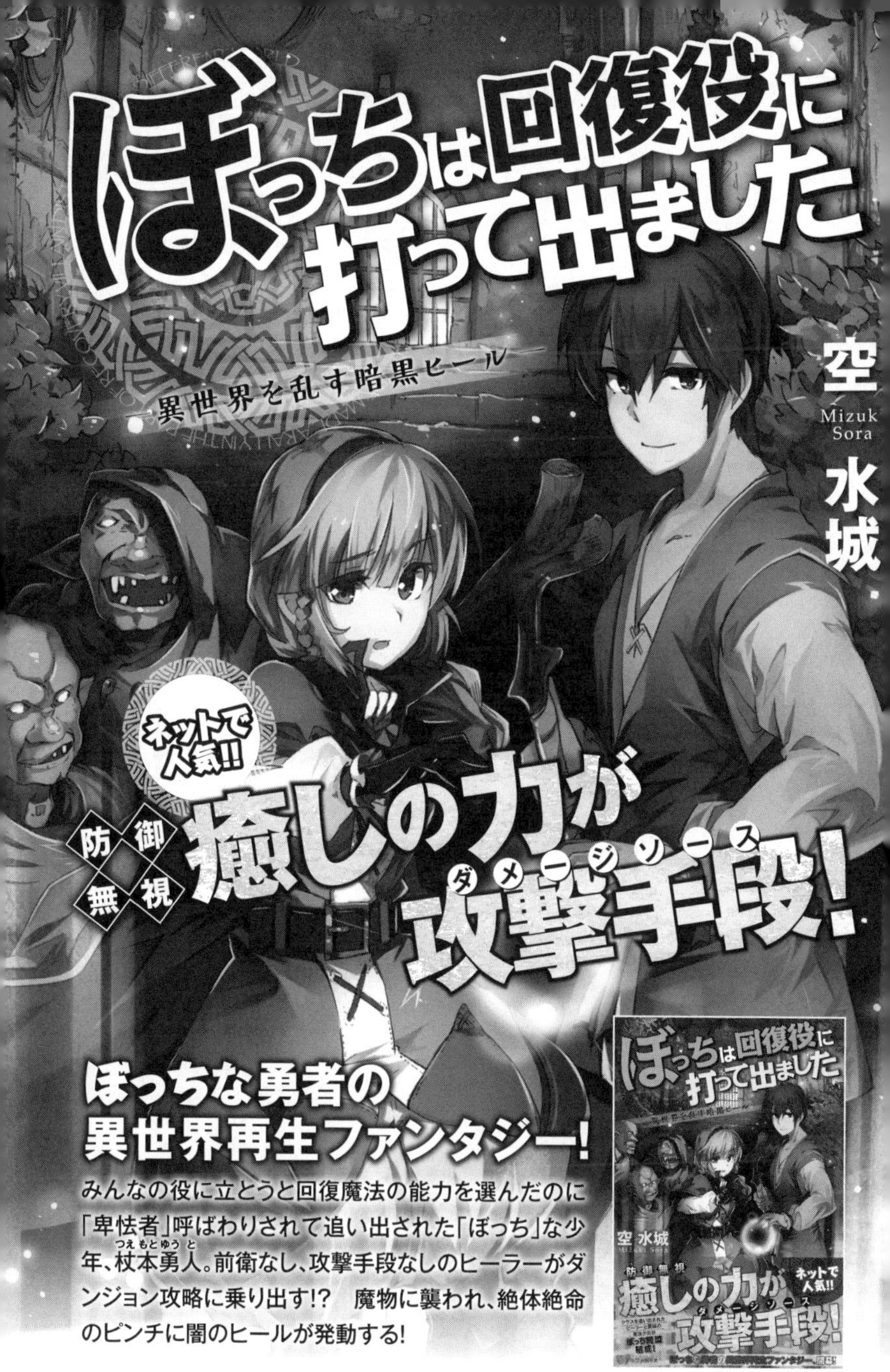

ぼっちは回復役に打って出ました

—異世界を乱す暗黒ヒール

空水城
Mizuki Sora

ネットで人気!!

防御無視

癒しの力が攻撃手段《ダメージソース》!

ぼっちな勇者の異世界再生ファンタジー!

みんなの役に立とうと回復魔法の能力を選んだのに「卑怯者」呼ばわりされて追い出された「ぼっち」な少年、杖《つえ》本《もと》勇《ゆう》人《と》。前衛なし、攻撃手段なしのヒーラーがダンジョン攻略に乗り出す!? 魔物に襲われ、絶体絶命のピンチに闇のヒールが発動する!

◉定価:本体1200円+税 ◉ISBN:978-4-434-22018-0 ◉Illustration:三弥カズトモ

ネットで話題沸騰!
アルファポリスWeb漫画
面白い漫画が毎週読める!!
アルファポリスCOMICS
ゲート GATE
自衛隊 彼の地にて、斯く戦えり
原作:柳内たくみ
漫画:竿尾悟
原作:秋川滝美
漫画:しわすだ
居酒屋ぼったくり
THE NEW GATE ザ・ニュー・ゲート
原作:風波しのぎ
漫画:三輪ヨシユキ
月が導く異世界道中
原作:あずみ圭
漫画:木野コトラ
原作:西和尚
漫画:村松麻由
魔拳のデイドリーマー
人気連載陣
●異世界を制御魔法で切り開け!
●のんびりVRMMO記
●転生しちゃったよ(いや、ごめん)
●異世界転生騒動記
●効率厨魔導師、第二の人生で魔導を極める
●スピリット・マイグレーション
●黒の創造召喚師
and more...
原作 椎名ほわほわ
漫画 六堂秀哉
とあるおっさんのVRMMO活動記
原作:金斬児狐
漫画:小早川ハルヨシ
Re:MONSTER リ・モンスター
選りすぐりのWeb漫画が無料で読み放題!
今すぐアクセス!
アルファポリス 漫画
検索
アルファポリスアプリ
スマホでも漫画が読める!
App Store/Google play でダウンロード!

アルファポリスで作家生活!

新機能「投稿インセンティブ」で報酬をゲット!

「投稿インセンティブ」とは、あなたのオリジナル小説・漫画を
アルファポリスに投稿して報酬を得られる制度です。
投稿作品の人気度などに応じて得られる「スコア」が一定以上貯まれば、
インセンティブ=報酬(各種商品ギフトコードや現金)がゲットできます!

さらに、人気が出ればアルファポリスで出版デビューも!

あなたがエントリーした投稿作品や登録作品の人気が集まれば、
出版デビューのチャンスも! 毎月開催されるWebコンテンツ大賞に
応募したり、一定ポイントを集めて出版申請したりなど、
さまざまな企画を利用して、是非書籍化にチャレンジしてください!

まずはアクセス! アルファポリス 検索

アルファポリスからデビューした作家たち

ファンタジー

柳内たくみ
『ゲート』シリーズ

如月ゆすら
『リセット』シリーズ

恋愛

井上美珠
『君が好きだから』

ホラー・ミステリー

椙本孝思
『THE CHAT』『THE QUIZ』

一般文芸

秋川滝美
『居酒屋ぼったくり』シリーズ

市川拓司
『Separation』
『VOICE』

児童書

川口雅幸
『虹色ほたる』
『からくり夢時計』

ビジネス

佐藤光浩
『40歳から成功した男たち』

邑上主水（むらかみもんど）
サラリーマン業の傍ら、WEBを中心に執筆活動を開始し、2016年「強くてニューゲーム！～とある人気実況プレイヤーのVRMMO奮闘記～」でデビュー。ゲームと読書と自転車が大好き。

イラスト：クレタ

本書は、「小説家になろう」（http://syosetu.com/）に掲載されていたものを、改稿のうえ書籍化したものです。

強くてニューゲーム！ とある人気実況プレイヤーのVRMMO奮闘記

邑上主水（むらかみもんど）

2016年 5月 31日初版発行

編集－加藤純・太田鉄平
編集長－塙綾子
発行者－梶本雄介
発行所－株式会社アルファポリス
〒150-6005 東京都渋谷区恵比寿4-20-3 恵比寿ｶﾞｰﾃﾞﾝﾌﾟﾚｲｽﾀﾜｰ5F
TEL 03-6277-1601（営業） 03-6277-1602（編集）
URL http://www.alphapolis.co.jp/
発売元－株式会社星雲社
〒112-0012東京都文京区大塚3-21-10
TEL 03-3947-1021
装丁・本文イラスト－クレタ
装丁デザイン－AFTERGLOW
印刷－中央精版印刷株式会社

価格はカバーに表示されてあります。
落丁乱丁の場合はアルファポリスまでご連絡ください。
送料は小社負担でお取り替えします。
©Mondo Murakami 2016.Printed in Japan
ISBN978-4-434-22011-1 C0093